「無理、無理。もう限界。
一秒でも早く、帰りたい……」
伯爵令嬢のシエーナは、絢爛豪華な雰囲気とそれを彩る
王侯貴族達の人口密度に耐えきれず、ホールを飛び出した。
（だから、だからこんな浮ついた社交の場には
来たくないとお父様に言ったのに!!）

ジュード

国王の弟であり公爵。
祖母の遺言からシエーナに求婚する。
さらに、とある秘密の仕事をしており——。

シエーナ

裕福な伯爵令嬢ながら質素を好み、
魔術館で働くことを願っていた。
ジュードの求婚を断るが——。

メアリー

シエーナの義妹。
地味なシエーナを
どうにかしたいと
思っている。

エドワルド

シエーナの弟。
類い希なる愛妻家。

マール

メアリーの親戚で、
裕福な伯爵令嬢である
シエーナを
狙っているのだが――。

「君は異性と一つ屋根の下にいて、
挙げ句に今……
夜中に寝室に忍び込んでいる。
こういうことされても、
文句は言えないぞ」
「シエーナ」と名を呼びながら、気がつくとデ＝レイは
自分の唇をそっと彼女の頬に寄せていた。
シエーナは一瞬体を強張らせただけで、動かない。

地味ダサ令嬢が
公爵様をフったのに、
なぜか師弟関係になりました。
～寵愛されても心は変わりません！～
岡達英茉
ill.deme

contents

第一章　公爵、とてつもない屈辱を味わう

王宮の夜会は、想像以上に煌《きら》びやかだった。

「無理、無理。もう限界。一秒でも早く、帰りたい……」

伯爵令嬢のシエーナは、絢爛《けんらん》豪華な雰囲気とそれを彩る王侯貴族達の人口密度に耐えきれず、ホールを飛び出した。

（だから、だからこんな浮ついた社交の場には来たくないとお父様に言ったのに!!）

庭園に出るとシエーナは心の中で父に文句を言った。

シエーナは今をときめくイジュ伯爵家の一人娘だが、派手なことが大の苦手なのだ。

「夜会」という単語を聞くだけで、蕁麻疹《じんましん》が出る。

ドレスやアクセサリーで富を見せつけ、表面的なお付き合いをひたすら広げていく集まりのようで、何が楽しいのか分からない。

むせ返るような酒と香水の匂いで、頭痛がする。

夜会になど滅多に出ないシエーナが今夜、仕方なく参加したのは、国王直々の命令があったからだ。

そしてそれは多分、あの妙な公爵――ハイランダー公のせいだった。

一月前。

イジュ伯爵邸を、突然ハイランダー公が訪問した。

あまりに唐突だったので、屋敷の皆が慌てた。

ハイランダー公は、このティーリス王国の若き国王の弟だ。

彼は貴婦人達に、勝手にちょっと変わったあだ名をつけられていて、「最後の聖域」と呼ばれていた。美貌と地位と財を持つのに、いまだ独身を貫いている、という意味らしい。

噂《うわさ》通り、ハイランダー公は驚くほど美しい容貌をしていた。

公爵家の無駄に豪華で華美な馬車を最初に出迎えた伯爵家の侍女は、あまりの美貌に目が潰れそうになった。

ハイランダー公は侍女に名乗った上で来訪の目的を告げたが、侍女はうっかり後者を聞き洩《も》らした。あまりの美声に、一瞬脳神経がやられたらしい。

粗相は続いた。

客間に通されたハイランダー公の膝に、緊張し過ぎた侍女が紅茶を零してしまったのだ。信じられないミスだった。

だが、ハイランダー公はそつのない笑顔で我慢した。

今すぐズボンを脱いで足踏みしたいくらい、熱かったけれど。

まさか初めて訪問した屋敷で下着を晒《さら》すわけにはいかない。

当主のイジュ伯爵が、顔面蒼白《そうはく》状態でようやく客間に登場した時、ハイランダー公は思った。

冴《さ》えない中年男だ、と。

伯爵は小太りで背が低かった。かなり寂しくなった榛色《はしばみいろ》の髪の毛を、どうにかたくさんあるように見せようとフワフワのパーマをかけていた。

ハイランダー公の来訪目的は、伯爵家の一人娘、シエーナに求婚する許しを得ることだった。

実は、シエーナを見たことすらない。

だが、これはハイランダー公の祖母である前王太后の遺言だった。

イジュ伯爵家はかなりの財産家だ。

悪い話ではない。

そしてその令嬢も、節約と質素をモットーとする慎ましい女性として、界隈《かいわい》では有名だった。

女は従順に限る。自分にとっても、悪い話ではない。――とハイランダー公は思っていた。

ハイランダー公は人生において、女に不自由したことがなかった。

一声、甘い声で甘い台詞を囁《ささや》けば、どんな女も――たとえ人妻であれ、彼の腕の中に転がりこんだ。

女など、そんなものだ。

妻にするなら、質実剛健なタイプの方がいい。

ハイランダー公は己をそう説得し、祖母の遺言に従うべく、こうして伯爵家にやってきたのだ。

案内された客間にて、イジュ伯爵と当たり障りない世間話を一通り済ませると、彼は本題に斬り込んだ。

「こちらのご令嬢を、私の妻にしたいと思っております」

伯爵は己の耳を疑った。

だが今朝耳掃除をしたばかりだ。聞き間違いはありえない。

汗だくになり、目に見えて動転する伯爵を、ハイランダー公は冷ややかに見ていた。

同じく混乱した侍女がハイランダー公の長い足に躓《つまず》き、ケーキの皿を落としたが、膝上に降ってくるケーキを今度は上手いこと避けるのに成功した。

侍女の失敗でさらに動転した伯爵は、呼吸すら落ち着いてできず、鼻からスピスピと妙な音を立て始める。

この後の展開は、ハイランダー公には容易に想像がついていた。

伯爵に呼ばれたシエーナが登場し、自分が今をときめく公爵に「妻に」と望まれたことを知る。

冴えない中年男の娘も、冴えない令嬢に違いない（会ったこともないが）。

シエーナは泣いて喜ぶだろう。

或《ある》いは、両手を胸の前に組んで天井を見上げ、神に己の幸運を感謝するかもしれない。

とにかく、自分の美貌におそらくイチコロだ。

ところが、事態は思わぬ方向に動いた。

まずシエーナが姿を現さなかった。

娘の部屋から戻ってきた伯爵は、吹き出す汗をハンカチで拭いながら言った。

「娘は、仕事で疲れきっておりまして……」

「仕事？　ご令嬢は仕事をされているのですか？」

なぜだ。

貴族の娘が王宮で女官をすることはよくある。だがシエーナが女官をしているという話は、聞いていない。一体どんな仕事をしている。

「それに娘は、生涯独身を貫くと決めておりまして」

「馬鹿な」

しまった。

父親の前でご令嬢を馬鹿呼ばわりしてしまった。

ハイランダー公はすぐにリカバリーに徹した。

「由緒正しい、名門貴族のイジュ伯爵家のご令嬢が、結婚しないなど。ましてや宝石業で成功し、一代で巨万の富を築いた伯爵を父に持つ頭脳明晰《めいせき》なご令嬢を、妻にと望む男は引きも切らないでしょう」

とはいえ、国王の弟にしてイジュ伯爵家に負けず劣らず金持ちの公爵である、自分が求婚しようとしているのだ。

伯爵家の一人娘といえども、公爵からの求婚をそう無下に断ったりはしないはずだ。余程の馬鹿でない限り。

だが伯爵は心底申し訳なさそうに、呟《つぶや》いた。

「娘のシエーナは、かなりの変わり者なのです。本当に残念でならないのですが……」

ハイランダー公は、まるで相手にされなかった。冴えない（と思われる）伯爵令嬢に。

まさか断られるとは、想像もしていなかった。

——これほどの屈辱は、初めてだった……。


「いやぁ、お前の顔を一目見たら、絶対違うって!!」

王宮に報告に戻ると、ハイランダー公の兄である国王は、彼をそう慰めた。

「まずは顔を合わせなきゃ。兄の俺ですらお前の顔には、たまに腰から崩れ落ちそうになるもん。そっからっしょ!!」

国王は己の権威をフル活用し、イジュ伯爵に来月の王宮での夜会にシエーナを連れてくるよう、命じた。

「これで万事オッケーよ。セッティングはしたから、あとはその顔と声と身体で、ご令嬢落としちゃいな！」

親指を立て、国王は弟にウィンクした。

——が、またしてもコトはハイランダー公の計画通りには進まなかった。


「まったく、どこにいるんだ？」

王宮のホールは、着飾った王侯貴族達で溢《あふ》れていた。

眩《まばゆ》く輝くシャンデリアが天井を埋め尽くし、その下で男女が踊る。回るたびドレスが広がり、レースの表面につけられたビジューが星屑《ほしくず》のように光る。

酒をトレイに載せた給仕をよけながら、ハイランダー公はホールの中をくまなく歩き、シエーナと伯爵を捜した。

ハイランダー公は、目の周りを覆う仮面をつけていた。別に今夜は仮面舞踏会ではない。

だが顔を隠していないと、意図せずともあっという間に女達に人垣を作られ、身動きができなくなるのだ。

ようやく捜し当てた伯爵は、テラスにいた。

捜し回りすぎて荒い呼吸のまま、ハイランダー公が尋ねる。

「イジュ伯爵、ご令嬢はどちらに？」

伯爵は仮面のせいで、自分に話しかけてきた相手が誰だか全く分からなかった。

そこでハイランダー公が仮面を少し浮かせて素顔を見せると、伯爵はヒエッ、と素っ頓狂な声を出してから、恐縮しきりで答えた。

娘は庭園に出てしまった、と。

仕方なく庭園に出たハイランダー公は、薄暗い噴水の裏で上半身裸の女に遭遇した。

ドレスを腰まではだけた女は悲鳴を上げながら、これまた上半身裸の男にしがみつく。

（これだから、夜会の庭園は……）

夜の庭園は、男女の逢引《あいびき》の舞台と化していた。

次に通り過ぎた低木の裏では、貴族の男と女官が濃厚なキスを交わしていた。

女官には見覚えがあった。

確か最近衛兵の一人と結婚したばかりのはずだ。もう浮気をしているとは、嘆かわしい。

薔薇《ばら》の垣根に差し掛かると、ハイランダー公は足を止めた。

――垣根の前に、一人の娘が立っている。

娘は手を伸ばし、薔薇の一輪一輪に顔を寄せ、その香りを楽しんでいるようだ。こんな暗い庭園に一人でいるのは、例の彼女くらいしかいないだろう。

ハイランダー公は、彼女こそシエーナ嬢だと察した。自信に満ちた足取りで、ゆっくりと大股でシエーナに背後から近づいていく。

「イジュ伯爵令嬢？」

パッと弾かれるように振り返った娘の顔を見て、ハイランダー公が「おや」と目を見開く。

(思ったより可愛いな……)

垣根の周辺は灯りが乏しく、かなり暗い。二割増しに見えているのかもしれない。いや、三割増しか。

ドレスは今流行の胸元が大きく開いたデザインで、豊かな鞠《まり》のような白い胸が、蠱惑的《こわくてき》な谷間を見せている。

思わずハイランダー公は生唾を飲み込んでしまい、そのことを恥じる。

伯爵令嬢はティーリス王国には珍しい、黒い瞳をしていた。その神秘的な瞳を瞬かせ、彼女は口を開いた。

「はい、イジュ伯爵家のシエーナですわ。……あの、どなたでしょうか？」

ハイランダー公は、颯爽《さっそう》と右手を彼女の前に伸ばした。

「ジュード・エドモンド・アーロン・ハイランダーと申します」

シエーナは顔を引きつらせた。

明らかにそれは歓喜によるものではなく、恐怖によるものだった。

「ああ、あの。公爵様……」

「先月は突然お訪ねして、申し訳ありませんでした」

「いいえ。私の方こそ、お会いできず申し訳ございませんでした」

先月の訪問の後、ハイランダー公からは特に何の連絡もなかった。だから屋敷内の者達は、「旦那様は公爵様に、からかわれてしまったんでしょうね」と勝手に納得していた。

（もしかして、からかってやった伯爵の娘の顔を見たくて、わざわざ話しかけてきたのかしら？やっぱり、今夜の夜会に参加するようにお父様が国王陛下から命じられたのは、ハイランダー公と関係があるんだわ）

イジュ伯爵家は別にハイランダー公と関わりたいとは思っていない。ましてや、いざこざを起こして王家を敵に回したいわけではない。

どう対処していいか分からず、シエーナは北風に吹かれた小鳥のように震えた。

「お仕事でお疲れだったと伯爵殿よりお聞きした。――一体どのようなお仕事を？」

「ええっ、あの。――たいした仕事ではございませんわ。公爵様にお伝えするのも恥ずかしいような、下らない仕事ですの」

なんだそれは。

心の中で首を傾げつつも、そんなことはおくびにも出さず、公爵は滲《にじ》むような笑顔を披露した。

たとえ仮面をつけていようとも、にじみ出る公爵の色気で大抵の女はこれで茹《ゆ》だったように頬を赤く染め、惚《ほう》けたように公爵を見上げるものだ。

しかしながら、シエーナは公爵の想像の斜め上をいった。

シエーナは公爵を見てすらいなかった。視線を泳がせ、明らかに逃げ道を探している。

（なんだ、うまくいかないな。この令嬢は、一体何を考えているんだ）

ハイランダー公はやや苛立ちながら、シエーナの左手を取った。

「今宵、こうしてあなたに会えて嬉《うれ》しい」

「え、ええ。お会いできて光栄ですわ」

とんでもない棒読みだった。

ハイランダー公は早いとこシエーナを陥落させよう、と少々強引にコトを進めた。

シエーナの耳元に顔を寄せ、甘い声で囁く。

「シエーナ。薔薇がお好きなのですか？」

シエーナの脳髄が一瞬、痺《しび》れた。

――まずい。

これ以上、この危険なまでに色気のある、美しい声の男と二人でいてはならない。

シエーナは勇気を振り絞り、ハイランダー公の長い指をそっと振り払った。

「わ、私、失礼いたしますわ」

「シエーナ？　一体どこへ……」

「私今、猛烈な便意をもよおしておりますの。厠《かわや》へ行って参りますわ!!」

ハイランダー公は、瞬時に硬直した。

石像と化した彼を置いて、シエーナは脱兎《だっと》の如くその場からいなくなった。

ハイランダー公は仮面を脱ぐ間すら、なかった。

シエーナは厠へ行った足で帰宅してしまったのか、王宮夜会のホールに二度と姿を現さなかった。

まさか夜会が終わるまで厠に籠っていたわけではないだろう。

「なんなんだ、あの令嬢は……」

一体、どういうことだ。

ハイランダー公は事態をさっぱり理解できぬまま馬車に乗り、帰路についた。

大変な敗北感を抱えて。


王都のハイランダー公爵邸では、主が帰宅するなり、従者のセインが屋敷の酒蔵に飛び込んで酒瓶を抱え、主人のもとに戻った。

ハイランダー公は、どう見ても苛立っていた。居間に入るなり、ソファに腰掛け、ローテーブルにドカリとその長い足を投げ出す。

その足をそっと掴《つか》んで床上に戻してから、セインは酒瓶をローテーブルに並べた。

九才からハイランダー公爵邸で小姓として仕え、現在は従者であるセインは、この同い年の公爵の機嫌の悪さを敏感に察知していた。

ハイランダー公はここ一ヵ月、ずっと虫の居所が悪そうだった。

だが今夜は間違いなく、最近の中で一番不機嫌だ。

「伯爵令嬢とは、お会いになれなかったのですか？」

セインはグラスに酒を注ぎながら、直球気味に質問をした。

「会えた」

注ぎ終わったグラスから、セインが視線を上げる。

「それなら、なぜそんなに仏頂面なんです？」

セインは言葉を飾らない従者だった。

ハイランダー公爵は更に仏頂面になり、呟いた。

「名を告げたら、逃げられたんだ」

「まさか……！　お館様から逃げ出す女がいるなんて、信じられません」

セインは茶色の瞳を丸くして、驚きを露わにした。

ハイランダー公はそれ以上詳細を語ろうとしなかったので、セインはソファの背もたれに掛けてあった公爵の外套を取ると、クローゼットに戻しに行った。

再び居間に戻ると、公爵は既に酒瓶を半分ほど空にしていた。

「——今夜はお出かけにならず、屋敷でゆっくり過ごされますか？」

だがハイランダー公は、首を左右に振った。

「いや、ドルー渓谷に行く。これだけは休めない。客が私を待っているからな」

気分は大変悪い。

だが今日は金曜日だ。

ハイランダー公はいつも、週末をドルー渓谷にある別宅で過ごしている。彼の祖母は王妃だった。

祖母は王太后となってからは公務を殆《ほとん》ど引退し、晩年は身分を隠し、生まれ持った強大な魔力をいかして不定期で魔術館を開いていた。

祖母はただの趣味で魔術館を開いていたのではない。国内の貧しい民は、どんなに困っても魔術に頼ることはできない。魔術は高価だからだ。

だから祖母は貧者達のために、破格の安さで魔術を提供していた。彼らを助けるために。

祖母は魔術師としてはル＝ロイドという名を使い、ドルー渓谷のル＝ロイドは慈悲深く、貧しい者達に寄り添う魔術師として、周辺住民から深く敬愛されていた。

ハイランダー公はその魔術館を、祖母から受け継いだのだった。

強い魔力を生まれつき持っていたのは、家族の中で公爵だけだったから。

公爵の魔術師名はデ＝レイだった。ル＝ロイドから魔術館を譲り受けた時に、彼女につけてもらった名だ。

魔術館はやり甲斐《がい》も感じられたが、息抜きにも丁度いい。

王宮を抜け出し、魔術館である渓谷の別宅に行くと、不思議な解放感に満たされ、癒されるのだ。

客は誰も、デ＝レイと名乗る魔術師が、公爵だとは思っていない。

だからこそ、魔術師としての仕事もやり易かった。

イジュ伯爵令嬢を娶《めと》れという祖母の遺言は、何やら実現が難しいように思える。

どうもあの令嬢は、色々まずそうだ。

だからこそ、魔術館を守れというもう一つの遺言の方は、守ってやりたい。

そんなことを考えながら、ハイランダー公は王都郊外のドルー渓谷にある魔術館に向かった。


今夜のドルー渓谷は霧の中にあった。

じっとりと身体にまとわりつく、ごく細かな雨が絶え間なく降っている。

白い霧が辺りに立ち込め、日頃は深い緑色のドルー渓谷の景色を、今は薄ぼんやりとどこまでも白く染め上げている。

その陰気な渓谷に、シエーナは立っていた。

外套《がいとう》についたフードでその榛色の長い髪を隠し、足元は泥のはねた革のブーツ。

目深に被るフードから覗《のぞ》く瞳の色はティーリス王国では珍しく、濡《ぬ》れたような黒色をしており、強い意志を感じさせる。

「いよいよなのよ。ついにこの日が来たわ」

シエーナは自分を奮い立たせるために、そう呟いた。

まさにこの日のために、長年努力してきたと言っても過言ではない。

手にしっかりと握りしめた白い封筒を胸元に抱き寄せ、辺りを見渡す。

イジュ伯爵の屋敷があるランバルドの街は、明るく賑《にぎ》やかだ。そこから近距離にもかかわらず、ドルー渓谷は薄暗く、一軒の建物しかなかった。

魔術師の館である。

暗い空の下に切り立つ薄気味悪い崖を背に、その館はあった。

渓谷の闇に溶けそうな暗い色の木のドアの前で、シエーナは大きく深呼吸をした。高い湿度を帯びた渓谷の空気を口腔《こうこう》内に感じる。まるで白い霧を食べたようだ。

(――勇気を出すのよ!)

フードを払ってから、緊張で震える手で榛色の髪の毛を丁寧に整えると、咳払《せきばら》いを一度し、決心してドアを強く叩《たた》いた。

蝶番《ちょうつがい》が軋《きし》む不気味な音が響き、ドアが開く。

中から現れたのは、長いローブを羽織った金髪の男だった。

その男のあまりに整った顔立ちに、束の間見惚《みほ》れてしまう。

日も当たらないのに輝く金色の髪は清潔に短く揃《そろ》い、鼻梁《びりょう》や頬は白く滑らかな石材を匠が彫ったかのように美しい。アイスブルーの瞳は綺麗《きれい》だが、やや冷たい印象を与える。

シエーナは震える声で話し掛けた。

「こんばんは！　私、マリー・セリーヌと申します。あの、魔術師のデ＝レイ様に会いに来ました」

本名の一部は故意に省いた。イジュ伯爵家の娘だとバレれば、面倒なことになると思ったからだ。

男は目の前の黒い瞳の女性を、眼光鋭く観察しながら言った。

「デ＝レイは私だ。何の用だ？」

シエーナは、黒い瞳を一瞬丸くさせて驚いた。

陰気な谷に住む魔術師が、こんなに美形だとは思っていなかった。なんという宝の持ち腐れだろう。

「あの!!　私、ここで働きたいんです！」

「間に合っている」

バン！

と無情にもドアが閉められた。そのあまりの勢いに思わず後ずさる。

（――えっ!?　こんなにあっさり？　検討すらしてもらえないの？）

そもそもランバルドの公設市場の掲示板に「ドルー渓谷の魔術館にて、助手募集中。随時面接可」と張り紙がしてあったではないか。

それを確認したからこそ、勇んでやって来たのに。あの広告が出されるのを今か今かと毎日のようにチェックしていた。

もう丸一年も。

やっと見つけたこの魔術館の助手の座を、ここまで速攻断られるとは想像もしていなかったシエーナは、閉められたドアの前でしばし固まった。

――ここで引き下がってはいけない。何の為に、努力してきたというのか。

己を叱咤《しった》し、再び激しくドアをノックする。

無視されないよう、ちょっと長めに、うるさく。

ややあってから開かれたドアの隙間から顔を出したデ＝レイの表情は、険しかった。

「しつこいぞ。そんなに若い女の助手を雇うつもりはない」

「デ＝レイ様は、この辺りで一番の魔術師だと聞きました。昨年この魔術館を継がれたばかりなのに、しかも週に二日しか開いていないのに、一年でもうランバルド中にそのお名前が知れ渡っています。ぜひ、あなた様の下で働かせて下さい」

お世辞を交ぜつつ、なけなしの笑顔で持ち上げてみる。

髪にはとびきりの香油を塗ってきたし、滅多にしない化粧を今日はちょっぴりしてきた。……この雨で全て落ちているかもしれないが。

至近距離にいるデ＝レイは徹底して冷たい眼差しをこちらに向けているので、笑顔を絶やさぬようにするのに一苦労し、頬が引《ひ》き攣《つ》る。

「お給金は、日当二千バルで結構です！」

デ＝レイの眉が微かに動いた。

破格の安さに多少心動かされたらしい。ケチなのだろう。もうひと押し必要か。

「いえ……千八百でも構いません！」

「千八百？」

「千五百！　――いえ、千!!　千バルでいかがです!?」

最早叩き売りである。

「安過ぎて怖いぞ」

デ＝レイが呆《あき》れる。彼は深い溜《た》め息《いき》をつきながら、首を左右にふり、一転して同情のこもった眼差しでシエーナを見た。

ふと、デ＝レイの瞳が見開かれる。

（ん？　どこかで見たか？）

目の前の「雇え雇え」としつこい小娘に、なぜか見覚えがある。

客として来館したことがある娘だろうか？　デ＝レイはドアを大きく開いて彼女を凝視した。

こんなに質素な身なりと地味な顔立ち、そしてダサい髪型をした娘は、彼が社交の場で出会うような、王侯貴族にはいるはずもない。

だからどう考えても、魔術館で出会った娘だろう。

だが記憶にあるどの娘とも一致しない。

日当千バルなどという、激安価格で自分を売り込んでまで仕事を得ようとする身の上に、多少の同情を禁じ得ない。よほど生活に困っているのだろう。

とは言え、若い娘を雇うのはやはり気が向かない。

デ＝レイはシエーナの肩を優しく叩いた。

「自分を安売りするんじゃない。他を当たってくれ」

だがシエーナにとっては、他では意味がないのだ。ここでなければ。

シエーナは事前のリサーチを活かした。新進気鋭の魔術師デ＝レイの薬はランバルドの街でもとても評判が良かった。だが、苦味が強いことが若干の欠点としても知られていた。

煮るのが下手なのだろう。

「私、薬を仕上げるのも得意です。つい最近まで別の魔術師の館で働いていました」

どうやら一考の価値あり、と思われたらしい。デ＝レイは腕を組むと、シエーナの顔を真剣に見た。

雨足は止まることなく、シエーナの服の裾を濡らしていた。デ＝レイは寒そうに震える彼女に遅まきながら気がつき、館に招き入れた。

中は随分と広かった。

家具類は暗い色調で統一されており、陰気さは館の外と中で変わらなかった。

所々に配置された水晶の装飾品が、闇の中から浮かび上がっているように見える。

デ＝レイはシエーナに尋ねた。

「以前も魔術師の助手を？」

「はい！　私、以前は王都のリド魔術師の所で働いておりました。推薦状も持参しています」

「あのリド魔術師か？」

デ＝レイが意外そうに片眉を上げる。

最後のひと押しだとばかりに、シエーナは大きく頷《うなず》く。

王都の高名な魔術師の下で働いた経歴は、相当のウリになる筈《はず》だ。リドの名を知らぬ魔術師はこの国にいない。

シエーナは予め書いてもらっていたリドからの推薦状を、恭しくデ＝レイに手渡した。

実はリドに雇って貰《もら》うのは簡単だった。シエーナの父のコネを使ったからだ。リドは断れなかったのだ。

だが推薦状を書いてもらうのは、もっと簡単だった。

書いてくれれば辞めるとシエーナがリドに申し出ると、彼は顔を薔薇色に輝かせて嬉々《きき》として書いてくれたのだ。シエーナを見送る時は、空から大金が落ちてきたかのように嬉しそうだった。

失礼な話だ。

デ＝レイは雨で湿った手紙を、人差し指と親指の先で摘まむようにして開いた。

そこには、シエーナを弟子として大絶賛する魔術師リドの数枚に亘《わた》る力作がしたためられていた。

「随分評価が高かったらしいな」

シエーナは胸に手を当て、膝を折った。

惜しみつつ推薦する、と締めくくられた力作から目を上げると、デ＝レイがしばし考えた後で口を開く。

「募集しているのは、短期の間の助手だけなのだ。短期雇用でよいのなら、早速明日の朝から来てくれ」

「勿論《もちろん》です！」

「一応確認するが、日当八百バルで良いんだな？」

――あれっ、ちょっと下がってる……。

一瞬言葉に詰まったシエーナだったが、即座に首を縦に振る。

給金などどうでもいいのだ。この館で働けることに、全ての意味があるのだから。

来た時とは対照的に足取り軽く館を後にするシエーナの後ろ姿を、デ゠レイは眉根を寄せて観察していた。

指笛を吹いて、使い魔の雀《すずめ》を呼ぶ。

玄関脇の止まり木にいた雀は、小さな翼を羽ばたかせてデ゠レイの肩に止まると、チュッ、チュッと鳴いて主人の命を待った。

デ゠レイは雀の丸い頭を人差し指で軽く撫《な》でながら、言った。

「イチ号。――あの小娘の後をつけろ」

一体どこの何者だ、と独りごちるデ゠レイの肩から、イチ号はサッと飛び立った。

約一時間後、戻ってきた雀に案内されながら、公爵は馬で駆けた。

雀はある一軒の大きな屋敷の門扉に止まった。

そこから動かない雀を見上げ、公爵が言う。

「おい、イチ号。なぜこんな所で止まる。あの娘の家を突きとめろと言ったはずだ」

イチ号はチュン、チュンと鳴きながら、門を小さなくちばしでツンツンと突《つつ》いた。

「――まさか、ここなのか？」

公爵は絶句した。

なぜなら、この屋敷には最近来たからだ。

イチ号が案内したのは、イジュ伯爵邸だった。

「あの娘は、伯爵家のメイドか何かか？」

――いや、待てよ。あの黒い瞳。あの声……。

白い雪片が空から降り始める中、公爵が身を震わせる。

寒さからではない。

狼狽《ろうばい》のあまり、体が芯から震えた。

否定したくて仕方がないが、小娘は今夜の夜会で見かけた伯爵令嬢に似ていることに気がついたのだ。

今夜のシエーナを二割減で不細工にすれば、丁度あの小娘に似ているかもしれない。いや、三割か。

先ほどの小娘の眉は行方不明だったし、目力もなかった。鼻や頬にはそばかすが散っていた。

だが、そんなものは塗りたくれば変わる。

「そうだ。イジュ伯爵令嬢のフルネームはたしか……」

シエーナ・マリー・セリーヌ・フォイアンヌ・イジュ。

「嘘《うそ》だろ‼」

デ＝レイは叫んだ。

「何が、マリー・セリーヌだ！」

驚いたことに、ドルー渓谷にやって来たのはイジュ伯爵家の唯一のご令嬢だった。

つまり、デ＝レイが最近求婚し、フラれた令嬢だ。

（どこかで見たと思った。それにしても、化粧をしないと、まるで別人じゃないか……）

たしか先月、自分がここを訪ねた際に、伯爵が娘は仕事をしている、と言っていた。

だがまさか、リドの魔術館で働いていたとは思いもしなかった。

夜会で会った時は、「言うのも憚《はばか》られる下らない仕事をしている」と彼女自身が言っていた。まさか自分がその雇い主になるとは、思ってもいなかった。

「どういうことだ。あの小娘……、じゃなくてご令嬢、一体何が目的だ？」

指先にイチ号を乗せ、デ＝レイは唸《うな》った。

迎えた翌日、玄関でシエーナを迎えたデ＝レイはあからさまに失望していた。

「本当に来たのか」

「勿論ですわ。おはようございます」

雨とはいえ昨日よりは多少明るい朝の館の中で、改めてまともにデ＝レイの顔を見て、シエーナは再度驚いた。

渓谷の魔術師は、目が合った瞬間胸に痛みすら覚えるほどの美貌の持ち主だった。

（このアイスブルーの瞳、どこかで見たような……？）

だがデ＝レイはその形の良い眉を相変わらず不機嫌そうにひそめていた。

腰に手を当てて玄関に仁王立ちするデ＝レイの横をすり抜け、室内に入ろうとすると、シエーナはまるで子猫のようにデ＝レイに襟元を後ろから摑まれ、扉まで引きずられた。

「おい。お前、伯爵令嬢なのだろう？　なぜ隠していた？」

素早く三度ほどその黒い瞳を瞬く。

（嫌だわ。なぜこんなに早々に、バレてしまったの？）

焦りつつも平静を装い、答える。

「そんな、隠したつもりはありませんわ。ちゃんと名乗ったではありませんか」

「だいぶ省略しただろう」

「他意はありませんわ。――早速、仕事場に案内してくださ……」

再び中に入ろうとしたシエーナの前に、デ＝レイはその長い足を壁へ突き出して進路を塞いだ。

玄関に貼られた緑と紫のストライプ柄の壁紙に、デ＝レイの靴の跡がつく。

――この壁紙も色使いが陰気だわ、とシエーナが壁を一瞥《いちべつ》する。

「教えてくれ。ご令嬢が、なぜ魔術師の助手ゴッコなどしている？」

「あら、ゴッコだなんて。心外ですわ。私真剣にお勤めするつもりです」

デ＝レイが、疑り深い眼差しをシエーナに向ける。

少し頬を膨らませたシエーナは睥睨《へいげい》されてもなお、懸命に目を逸らさない。

イジュ伯爵家の令嬢といえば、変わり者で有名だった。

宝石業で成功を収め、ここ十年ほどで急速に豊かになったイジュ伯爵には、二人の子ども――次期当主のエドワルドとその姉のシエーナがいた。

イジュ伯爵家は名門貴族だったが、一時は没落し、長く貧しい時期があった。

その記憶が脳に深く刻まれ過ぎたのか、齢二十とまだ若いはずの伯爵令嬢シエーナは、極度の倹約家としてその名を馳《は》せていた。

(――なるほどな。百聞は一見にしかず、か)

デ＝レイは不躾《ぶしつけ》に、目の前のシエーナの頭から爪先までを舐《な》め回《まわ》すように見た。

夜会でシエーナが着ていたドレスは素敵なものだったが、どうやら普段は冴《さ》えない服を着ているようだ。

年齢に比して地味過ぎる意匠のドレスは、着倒し過ぎたせいか、薄紅色なのか灰色なのか最早判別がつかない。

キラキラと輝く榛色の髪は艶があり美しいものの、一切の工夫も飾りもなくハーフアップにされているのみ。

化粧はナチュラルメイクなのか、していないのかよく分からない。いや、恐らく多分きっと、していない。

「あの。私……あなたに、憧れて来たんです」

「意味が分からん」

「じっ、地元の人々に頼りにされているドルー渓谷の魔術師様のお噂は、王都の魔術館でも耳にしておりましたの」

「そうか。人里離れた渓谷に住む魔術師を、興味本位で見に来たのか？」

「違います。働きに来たんです！」

デ＝レイが冷たい目で腕組みをすると、シエーナは耐え切れずに一歩後ずさった。

その細い足が小刻みに震えていることに気がつき、デ＝レイはようやく通せんぼをしていた長い足を下げた。

少し脅かし過ぎたらしい。

「ならば真面目に働いてくれ。それと、あくまでも君のことは一介の助手として扱う。ご令嬢として丁重に扱うつもりは毛頭ない」

最初からずっと丁重さの欠片もない態度じゃないか、という反論を無理やり呑《の》み込《こ》み、シエーナは引き攣る笑顔で頷いた。

ドルー渓谷の魔術師、デ＝レイの館は玄関ホールの奥に廊下があり、その先に接客に使う広間があった。

広間には暖炉があり、パチパチと音を立てて薪が燃やされ、室内を暖かくしている。

真ん中には大きなテーブルがあった。

テーブルには客とデ＝レイが腰かけるための、暗い色合いの革張りの木の椅子が二脚。広間全体の壁紙は濃い紫色で統一されていた。

デ＝レイは壁紙には暗過ぎるその色を、「神秘的」だと思っていたが、それもシエーナの言葉を借りれば「陰気」な色だった。

シエーナは勇気を出して聞いてみた。

「こちらの内装は、全てお師匠様がお決めに？」

「そうだな。ル＝ロイドから館を受け継いだ時点でかなり老朽化していたから、全面的に改修したんだ」

「まぁ……」

「陰気で居心地悪いか？」

感想をずばり言い当てられてしまい、シエーナはにわかに焦った。

「そ、そんなことありませんわ！　いかにも魔術館らしくて、良いと思います！」

「居心地良くし過ぎて客が殺到しても困るんだ。週に二回しか開館していないからな」

実は開館当初、壁紙はクリーム色にしていた。

だが、開館して一月ほど経つと、若い女の客が殺到したのだ。彼女達は皆、ただデ＝レイの顔を見に来ていた。「顔に中毒になった」という意味不明な理由で。

「壁紙の色を変えたら、物見遊山で来る客が激減した」

「この色にそんな理由があったんですね。素晴らしいですわ」

そう、陰気な内装には迷惑な女性客を遠ざける効果があった。

そもそもデ＝レイは、ここを繁盛させたくてやっているのではないのだから。

シエーナが案内されたのは、広間の隣にある作業室だった。

簡素な白い部屋には棚が所狭しと並び、魔術に用いる薬草や聖玉《せいぎょく》の欠片といった材料が、瓶や木箱に入れられて整理されていた。

「薬草がこんなにたくさん！」

シエーナは声を上げて棚の前に行き、目を丸くして高い棚を見上げた。

王都の人気魔術師であるリドの館の薬草棚と、変わらないくらい豊富な種類の薬草がストックされている。

「お一人でこんなに集められたのですか？」

「まぁ、そうだな」

公爵の財力をもってすれば、この程度なら容易に集められる。

だがシエーナはデ＝レイが森の中に分け入り、汗水垂らして薬草を摘み、袋に入れて運ぶ光景を想像していた。

「次はいつ薬草集めに行かれるのですか？　私も、是非お手伝いをさせて下さい！」

デ＝レイは返事に窮した。

なかなかの広さがあるその作業室の真ん中には、頑丈そうなぶ厚い木材で作られた、丸いテーブルが置かれていた。その傷だらけの天板は、デ＝レイや先代のル＝ロイドがここで行った術具作りの歴史の長さを物語っている。

「薬を煮出すのは、そっちの釜だ」

デ＝レイが作業室の奥にある大きな窓の下の、鉄釜を指差す。

（――ああ良かった！　室内にあるのね）

シエーナは思わず胸を撫で下ろした。

釜を外に置いている魔術師も多く、その場合暑すぎて夏は汗だくに、冬は寒すぎて煮えたぎる釜の中に飛び込みたい衝動を抑えつつ、仕事をしなければならない。

ドルー渓谷の魔術館の職場環境は、意外と悪くなさそうだ。

シエーナの心配事が一つ消えた。

デ＝レイの指示のもと、早速シエーナが最初の仕事にとりかかる。薬草に使う葉を、茎から毟《むし》るのだ。

葉の部分から抽出する液体のみを使うため、茎が混じらないよう、丁寧に毟る。

言いつけた当の本人は、腕を組んでソファにどっかりと座り、シエーナを観察していた。

なんだか値踏みするような鋭い視線が怖い。

いたたまれず、シエーナは世間話を始めた。

「今日も雨が続いていますね」

「そうだな。渓谷まで客が来るのが大変になるのが、困る。常連には高齢者も多いからな」

デ゠レイが眉をひそめる。

しまった、機嫌が悪くなってしまった、とシエーナは首を引っ込めた。

一方のデ゠レイは具《つぶさ》に彼女を観察していた。

あの夜、王宮の夜会で見たシエーナのドレス姿を思い浮かべる。

（全然違うじゃないか。胸の大きさまで違うぞ……）

シエーナにバレないよう、ちらちらと彼女の胸元に視線を走らせる。

王宮の庭園で見たシエーナの胸はかなり盛り上がり、扇情的な谷間すら見せていた。

だが、今目の前にいるシエーナの胸は、大変ささやかだ。

それこそ魔法のようではないか。

デ゠レイは茎のカスで汚れた床の清掃をし始めたシエーナの背中の辺りを、食い入るように見つめた。

（そもそも、もしやコルセットを着けていないのか？）

今日のシエーナは夜会に出る女達のように、背中から肉を前に回してカサ増しし、コルセットで締め上げ、寄せて上げてという努力をしていないのかもしれない。

（いやいや。何を考えているんだ。胸の大きさなんて、どうでもいいじゃないか）

下らない考察を真面目にしている自分に気づき、デ＝レイは情けなくなった。

頭を抱えて、静かに長い溜め息をつく。

開館時間を少し過ぎた頃、玄関の方からドンドン、ドン！　という大きな音が響いた。

魔術館の正面口にある、真鍮《しんちゅう》製のドアノッカーが鳴らされたのだ。

その音にシエーナとデ＝レイの二人が、はっと顔を上げる。

「お客様かしら？」

シエーナにとって、初めての客が訪れたらしい。

張り切って笑顔を作り、玄関へ行こうと廊下を走りだすと、デ＝レイに進路を妨害される。

「待て。私が出る」

シエーナを押しのけたデ＝レイが扉を開けると、現れたのは腰が曲がった老人だった。

真っ白い髭《ひげ》に覆われた顔を、くしゃっと笑顔で崩し、デ＝レイに向かって話しだす。

「デ＝レイ。また腰が痛くてのぉ。いつもの薬を……」

そこまで言いかけてから、老人は館の主人の背後に控えるシエーナの存在に気づいた。余程驚いたのか、よろめいてから慌てて杖《つえ》に縋《すが》っている。転ぶかと思って、シエーナも焦った。

「お前さん、ついに嫁さんを貰ったかぁ。これまた偉い別嬪《べっぴん》さんだのぉ」

「コブレンツさん。コレは嫁ではありません。弟子です」

なんて皮肉だとデ＝レイは思った。

実際嫁に貰おうとしたのに、断られたのだから。

老人は、理解したのかしていないのか、そーか、そーか、それはエライことだ、と何度も頷いた後で、シエーナに言った。

「ワシ、腰が痛くて殆ど歩けんのよ」

この渓谷までどうやって来たのか。シエーナが戸惑う。

デ＝レイは緑色の草が浮かぶガラス瓶入りの薬を何本か手に取ると、老人が持参した布の鞄《かばん》に入れた。

老人が鞄を大事そうに抱え、シエーナに向かって微笑む。

「ここの魔術師の薬は、最高に効くのに、ワシでも買える良心価格でのぉ。他の魔術館では、とても買えないわい」

シエーナは意外な気持ちでその話を聞いた。

周辺住民に慕われたル＝ロイドと同じく、やはりデ＝レイも頼りにされているのだ。

自分に対する態度がなぜか結構冷たいので、ここへ来てから忘れていた。

（私には随分な態度だけれど、客からは好かれているのね）

老人の震える手から、デ＝レイがお代を頂戴する。

「また来月も頼むよ、デ＝レイ」

ビン入りの布鞄を背負う老人があまりに危なっかしく、シエーナは腕を貸して彼を外まで案内した。老人は去り際に、感心したように頷いた。

「デ＝レイ、お前さん良い嫁さんを貰ったのぉ」

老人を見送るデ＝レイの笑顔が引きつった。

午前中は薬を買いに来る高齢の客が多かった。

皆、健康上の理由でここに来ている者達ばかりで、シエーナにはそれが新鮮だった。

王都のリド魔術館に来る客は、基本的に貴族ばかりだ。しかも高確率で来るのが、媚薬《びやく》を買い求める女性だった。

所変われば、客層と目的も変わるのだ。


昼食の時間になると、デ＝レイはシエーナを館の奥にある台所へ案内した。

広い台所の横にはダイニングテーブルが置かれ、清潔な白いテーブルクロスもかけられている。

「昼食はここで食べてくれ。一時まで客も来ないから、ゆっくりして良い」

「ありがとうございます」

シエーナは持参したバスケットをテーブルの上に置くと、少しだけその蓋を開けた。

ちらりとデ＝レイの様子を窺《うかが》うと、彼は台所の木のまな板に長いパンをのせ、包丁で切り始めている。

シエーナは自分のバスケットを覗き込み、小さく溜め息をついた。

――実は、中身はほぼ空だった。

伯爵邸を出る時は、昼食はちゃんとバスケットに入っていた。

自宅を出ると駅馬車に乗って、ランバルドの街の最北にある終点で降りた。そこからはドルー渓谷のこの魔術館まで、徒歩だ。

だが今日、馬車を降りて少し歩いた所で、シエーナは足を止めた。

痩せ細った少年と、その妹らしき少女が道端に座り込んでいたのだ。

素通りはできなかった。

かくして、バスケットの中の食べ物を彼らにあげてしまうと、軽くなったバスケットを抱えてドルー渓谷の館まで出勤してきた。

バスケットの中に転がっている苺《いちご》を一粒摘み、チビチビと食べ始める。

パンと紅茶のポットを持って向かいに座ったデ＝レイは、シエーナの不審な動きにすぐに気がついた。

バスケットを殆ど開けず、苺を前歯で少しずつ齧《かじ》っている。

（――ハムスターか？）

デ＝レイはパンを咀嚼《そしゃく》しつつ、小さな苺を異様なノロさで食べるシエーナを凝視した。

まさかとは思うが、念のため尋ねてみる。

「昼食は、苺だけか？」

シエーナがビクリと顔を上げる。

「い、いいえ。屋敷を出る時はちゃんとたくさん入れてきたんです。パンもサンドイッチも、ハムも茹で卵もフライドチキンも、豆サラダも温野菜もプディングも」

「入れ過ぎだろ」

「ですが、途中でお腹を空かせた子ども達に出くわしてしまいまして……」

「恵んできたのか」

「はい」

気まずい沈黙が続く。

シエーナは、何も悪いことをしたわけではない。善意の行いだ。だが、手放しで褒められることではなかった。

「明日は、それをしない方が良い」

「……はい。わかっております」

二度すると、三度目を期待される。

そうなると子ども達はシエーナを待ち伏せするようになり、そのうち子ども達の人数は鼠算式《ねずみざん》に増えていく。

貧者への恵みは、やり方を間違えると危険な結果になることがある。

デ＝レイはポットを傾け、シエーナの前に置いたカップに紅茶を注いだ。琥珀色《こはくいろ》の美味しそうな紅茶から、湯気が上がる。

「紅茶をどうぞ」

「ありがとうございます」

礼を言ってから一口飲むと、ピリッと辛い味が口いっぱいに広がり、続いて喉が熱くなった。

「ショウガ入りですか？」

「ああ、そうだ」

「身体が温まります！」

シエーナは嬉しそうに、にっこりと笑った。

その笑顔は実に素朴だった。

デ＝レイの知る貴族の女というものは、気取って小指を立て、すました顔で茶を飲むものだった。

やはりこの伯爵令嬢は変わり者だ、と彼は思った。

二粒目の苺を食べながら、シエーナが話しだす。

「リド魔術館では、昼食を作るのは私の仕事だったんです」

「リド魔術館では、伯爵令嬢に料理をさせていたのか？」

「私が伯爵家の娘だと知っているのは、リドさんだけでした。ほかの方々には、実家は石屋だと伝えてありました」

石屋、とデ＝レイが呟く。

イジュ伯爵は宝石業で財を成した。当たらずと言えども遠からず、か。

「皆さん私に分け隔てなく接して下さいました。勿論、厳しい方もいましたけど」

リド魔術館での日々を思い出したシエーナが、不意にぷっと頬を膨らませた。

「結構嫌な人もいましたわ。すぐに大きな声を出したり、やたらに私ばかり残業させたり」

「伯爵には話したのか？」

「まさか！　働きに行くのをやめさせられたら、困りますもの」

「どう困るんだ？」

デ＝レイが斬り込むとシエーナは一瞬答えに詰まった。そこに畳みかける。

「イジュ伯爵は君がリド魔術館ではなく、今はここに来ていることを知っているのか？」

シエーナの胸がドキンと鳴る。

とても知らせられない。こんな陰気な館で若い男の魔術師と二人でいるところを父が目にしたら、以後の外出を禁じられるかもしれない。

イジュ伯爵はいまだに、シエーナは王都のリド魔術師の館で働いていると思っていた。

デ＝レイはシエーナの顔色がサッと白くなったのを見て、答えを知った。

「やはりな。――伯爵令嬢は噂と違って、とんだ跳ねっ返りだったようだ」

フラれて多少なりとも傷ついた自尊心を、デ＝レイは自分で癒そうとした。

不敵に微笑むデ＝レイを前に、シエーナが反論する。

「……女が働いたらいけませんの？」

「そうじゃないが、なぜ伯爵令嬢の君が女官や高級侍女ではなく、魔術館で働くんだ？」

「それは……。伯爵家の娘が魔術師の弟子になったらいけませんの⁉」

「だめだろ、普通」

うっ、とシエーナは口ごもる。

急に訪れた静けさの中で、シエーナの腹の虫が盛大に鳴った。

僅かな沈黙の後、デ＝レイが声を立てて笑う。

はははは！　と実に愉快そうに笑われ、シエーナが真っ赤になる。

デ＝レイは目尻の涙を手の甲で拭いながら、自分のパン皿を差し出した。

「伯爵令嬢殿、パンを恵んで差し上げよう」

「………………。い、いただきますわ」

ムシャムシャとパンを食べ始めたシエーナを、デ＝レイは楽しげに見つめた。

シエーナは代わりに自分のバスケットの中の苺を、パン皿に転がした。

「苺も召し上がってくださいませ。――あの、お師匠様の昼食はパンだけなのですか？」

「そうだな。ここは買い物が大変だから。あまり食糧を置いていないいんだ」

「まぁ。いつもパンだけだなんて……」

そんな食生活をずっと続けたら、今すぐに異変はなくてもいずれ健康に影響が出るんじゃないだろうか。

「パンだけでは、身体に良くありませんわ」

（いや、パンだけで済ませるのは週に二日だけのことで、公爵邸では豪勢な食事をとっているんだがな）

まさかそんな話をするわけにもいかない。

デ＝レイは適当に「そうかもしれないな」と相槌《あいづち》をうった。

するとシエーナは顔をパッと輝かせた。

「それなら、明日は屋敷からケークサレを持って参りますわ。二人で食べましょう！」

ケークサレは小麦粉とバターと卵を混ぜたものに、野菜や肉類をたくさん入れて焼くものだ。甘くないケーキと言われ、栄養満点で昼食に丁度いい。特に偏った食生活をしているデ＝レイには。

ふと疑問に思って、デ＝レイが尋ねる。

「君が焼いてくれるのか？」

「いいえ、コックに作らせます」

そりゃそうか、とデ＝レイは苦笑した。

シエーナは腐っても伯爵令嬢だった。

だがそんなデ＝レイの反応が、シエーナは不服だった。

リド魔術館でまかない作りをしていたから、料理は一通りできるのに。シエーナの自尊心が妙なところで傷つく。

「――いいえ。やっぱり、私が焼いて参りますわ」

「えっ？」

「せっかくですもの。楽しみにしていて下さいませ！」

そう言うなり、シエーナはデ＝レイの好きな野菜について、質問をしてきた。

せっかくなら、デ＝レイの好物を使って、焼きたい。そのほうがきっと、口に合う。

「ジャガイモに人参に、ほうれん草と……」

シエーナが暗記しようと声に出しながら一本、二本と指を折る。

デ＝レイは不覚にも、会話の締めくくりに呟いてしまった。

「明日の昼休みがとても、楽しみだ」

――しまった。

シエーナのペースにいつのまにか乗せられていた自分に、心の中で呆れた。


午後はデ＝レイが作業室で、術具の製作にとりかかった。

まずはビーカーの中の水に、干からびた茶色い植物の皮と白い鳥の羽を入れる。

よく混ぜてから、ビーカーの底をアルコールランプで熱していくと、やがて水面が揺れて下の方に小さな気泡が現れる。そこへ、仕上げに聖玉の欠片を放り込む。

聖玉は一見するとガラスの破片のような見た目をしているが、非常に希少なものだ。

価格は高いが、高機能な術具を製作する際には欠かせない。

聖玉は魔術師の力をより強く引き出し、効果をより長く持続させる。

万物の根源は、五色の元素である。

そして魔術師は、この世のあらゆる場所にたゆたう五色の元素を、自在に操ることでその力を発揮するのだ。

五色の元素は、自然界に均等に存在する。だが操ることができる元素には、個人差があった。

人は生まれつき、何色の力を使えるのかが、決まっている。そして終生それが変化することはない。

情熱の赤、希望の黄、慈愛の緑、清廉の青、そして高潔の紫。

ごく稀《まれ》に複数色の力を使える者がおり、そういう者は多色使いと呼ばれ、重宝された。使える元素の色が多いほど、使える力も大きいのだ。

聖玉とは、人が生まれ持った元素を操る力を、身体から取り出したものである。

ゆえに聖玉は一人の人間から一度しか取り出せず、また取り出してしまえば、その後は一切の力を失うことになる。代わりに、聖玉を術具に用いれば、魔術師は自分が持っていない色の力も、操ることができるのだ。

その為聖玉は術具の重要な材料であるにもかかわらず、大変貴重で高価なものだった。

貧困家庭では、若いうちに身の内の聖玉を当然のように売り払っているという。

材料でいっぱいになったビーカーを、デ＝レイが木のヘラで混ぜ始めるなり、液体は急速に沸騰した。

ボコボコという音と共に、白い煙が揺らめいて天井に上がっていく。

デ＝レイがビーカーを食い入るように見つめ、眉間に微かに皺《しわ》が寄る。

薄いブルーの瞳に、揺れる水面が映っている。デ＝レイの瞳は、澄んだ湖の水面を彷彿《ほうふつ》とさせた。

シエーナは視線を絶え間なくデ＝レイとビーカーの間で往復させた。デ＝レイの顔が綺麗すぎて、ビーカーとどちらに集中すればいいのか分からない。

やがてビーカーの周りに途切れることなく、小さな稲妻のような光が瞬いた。ジッと観察していると、その色は黄色、青色と赤色で。

シエーナは素直に感嘆した。

「お師匠様は、黄と青と赤の三色使いなのですね！　凄いですわ。リド魔術師も、三色使いでした」

「君はどの色の使い手だ？」

木ベラを回しながら、デ＝レイは隣に立つシエーナに尋ねた。単色使いに違いないと決めつけた質問の仕方だったが、世の中の大半の人々がそうなのだから無理もない。

ところが尋ねるなり、シエーナの白い頬が微かに引きつった。なぜか答えないシエーナに、水をむけてみる。

「黄色か、……緑か？」

シエーナが着るしみったれた古臭いドレスからは、正直「高潔の紫」の要素は微塵《みじん》も感じられない。

まぁ、実際は伯爵令嬢なのだが。

かといって情熱の赤、という気もしない。

色はある程度、本人の個性を表すのだ。

デ＝レイは思いついたように、木ベラをシエーナに渡した。

そうして、グツグツ煮えたぎるビーカーを指差す。

「少し代わってくれ。――前の職場でもやっていたのだろう？」

術具作りの手伝いは、魔術館で働く者なら新人でもできる仕事だ。

気軽に頼んだデ＝レイに反し、なぜかシエーナは暗い面持ちで立ち尽くす。

ビーカーを見つめたまま、シエーナは言いにくそうに口を開いた。

「……できないんです。私、魔力での材料混合はやったことがなくて」

「えっ？　なんだって？」

デ＝レイは聞き返した。

聞き間違いをしたかと思って。あの高名な魔術師リドの下で働いていたのに、やったことがないはずはない。

不自然な間が空いてから、仕方なくシエーナが消え入りそうな声で答える。

「私……操れる色が生まれつきなくて……いわゆる無色、ですの」

「えっ、今なんて？　沸騰音でよく聞こえない」

どう説明するべきか迷ったが、シエーナはこの場では事実を伝えないほうがいい、と考えた。

「私、実は、……どの元素の力も使えませんの。その、――無色使いなのです」

デ＝レイの瞳が驚きに見開かれる。そのあまりに澄んだ色に、シエーナが怖気づく。

「冗談だろう。確かに、稀に……気の毒な無色使いという者がいるとは聞くが」

「ですので、リドさんのところでも魔力を必要とする作業はしていなかった次第でして」

デ＝レイはひどく社交的な笑みを浮かべた。異様に綺麗な微笑のまま、長い指でビシッと作業室の扉を指差した。

「本当に無色使いなら、君はクビだ」

（まずいわ。やっぱり駄目なのね……）

きっぱりとした解雇宣言に、シエーナは胃に痛みを覚える。

やはり無色では普通、魔術師に雇ってもらえない。かといってここでドルー渓谷の魔術館を、辞めるわけにはいかない。まだ「目的」を達成していないのだから。

魔術師のたった一人の助手が「無色使いでした」は通用しない。例えるなら、楽器が演奏できないのに管弦楽団員になろうとするようなものだ。

厳しい現実に、シエーナは束の間俯《うつむ》いた。

（――仕方がない……。こうなったら、本当のことを言うしかないわ。クビになるよりマシよ）

シエーナはゆっくりと息を吐くと、デ＝レイを見上げた。

「無色というのは、偽りで……実は私、多色使いなんですの」

「あ？　今度はなんだ。一体どっちなんだ。結局こういう材料混合はできるのか、できないのか？」

「できると思いますわ。だだ、本当に経験値が低くて」

「で、君は一体何色使いなんだ？」

「そ、その……」

「とりあえずできるんなら、さっさとやってくれ。――羽が沈みそうになっている」

デ＝レイはシエーナが手に持つ木ベラを顎で指し、彼女をせかす。

シエーナは意を決して言った。

「私、実は五色使いなんです」

「――その冗談は笑えないな。そもそも伯爵家の令嬢が五色も持つはずがない。そんな二物を天が与えるものか」

「う、嘘じゃありません。こう見えても五色出せるんです！」

五色使いとは、この世の元素全てを操ることができ、尚且つ大きな力を持つ者のことだ。当然ながらごく限られていて、この世に五人といないと言われる。

魔術師であるデ゠レイも二十三年間の人生の中で、五色使いには一度も会ったことがない。

「ではなぜ無色だなどと言ったんだ？」

「最近まで自分が五色持ちだと気づいていなかったんです。家族の誰も、知りません。皆、私のことを単色使いの中でも魔力量が凄く少ないんだと、思っているんです」

貴族である伯爵家には、魔術が使えなくても特に困ることはない。だから今まで何の問題もなかった。

元素の光など、自分には出せやしない――その認識が変わったのは、リドの下で働き始めてからだ。リドの仕事を手伝ううちに、偶然手の平から光を出せてしまったのだ。そしてそれが、美しい五色の光だった。

当時の光景は、今もはっきりと覚えている。

シエーナは見間違いかと目を瞬き、リドは隣で腰を抜かしていた。

二人でパチパチと弾ける五色の光を見つめた後、リドはビーカーを急いでシエーナから離し、「危ないから二度と力を使うな」と力説した。

「リドさんは五色持ちは聖玉狩りに狙われやすいから、人に明かすなと仰ったのです」

聖玉は本人の意志で呪文を唱えないと、取り出すことができない。だがその状況を無理やり作り上げ、多色の聖玉を狩る者達がいた。

リドはシエーナが聖玉狩りの対象になるのを恐れた。

デ＝レイはいかにも胡散臭《うさんくさ》い話を聞いた、といった表情でシエーナに言った。

「俄《にわ》かには信じられんな。まさか五色だなど。ではその五色の力とやらで、ぜひ続きを混ぜて見せてくれ」

シエーナは微かに逡巡《しゅんじゅん》したあとで、木ベラをビーカーに入れた。

ゆっくりと、混ぜ始める。

久しぶりなのでできるか分からない。

でもやるしかない。ここでデ＝レイの魔術館とおさらばすることになれば、全てが無駄になってしまう。

（落ち着いてやれば、前にやったみたいにきっと出来る。元素の光を出せるはず……！）

やがてビーカーの周囲にパチパチと静電気のような、微かな細い光が舞い始めた。

シエーナは祈るような気持ちで、木ベラを持つ手に全神経を集中させた。

ビーカーの周りでチカチカと舞っていた光は、じきにより大きく強くなり、色がついていく。

シエーナは懸命に、そして少し得意げに訴えた。

「ほ、ほら、もっと近寄って、よくご覧になってくださいい。どうです？　――五色、出ておりますわ……！」

デ＝レイがその輝きをよく見よう、と前に踏み出し半信半疑でその色を数える。

シエーナの出す光はデ＝レイの出すものに比べ、大きさこそ小さかったが、たしかに雨上がりの虹のように、色鮮やかな五色の光だった。

デ＝レイが何度も瞬きをして、ようやく言葉を紡ぐ。

「……信じられない。まさか本当に五色使いとは」

目を見開き、動揺しきった声をデ＝レイが上げた時。ボンッというくぐもった音が上がり、同時に二人の視界が突如真っ暗になった。

咄嗟《とっさ》に目を閉じた直後、顔面に熱い蒸気が吹きつけるのを感じる。

二人は熱が引くなり、恐る恐る目を開けた。

辺りにはモクモクと、灰色の煙が立ち込めていた。

目を落とせばテーブルの上には、粉々に砕けたビーカーと、その中にあったはずの液体が四方八方へ飛び散っている。

白かった作業室の天井と壁紙の一部は黒く変色し、錆《さ》びついた人形のようにぎこちなく顔を動かした二人は、互いの前髪が焦げて失われたのを目撃した。

デ＝レイの唇が震える。

「な……なんだコレはぁぁッ！」

デ＝レイの絶叫に、シエーナは作業室の隅まで走って逃げた。逃げたくなかったが、つい逃げてしまった。

それくらいデ＝レイの顔に、迫力があった。

綺麗な顔に青筋が立ち、氷のように凍てつくアイスブルーの瞳が、非難がましく自分に向けられている。

デ＝レイは黒いインクを散布したように焦げた天井一面を、震える指で差した。

「これはどういうことだ⁉　リド魔術師のもとで、何を学んでいた！」

「ご、ご、ごめんなさ」

「謝罪は結構！　今必要なのは、説明だ！」

「私、五色をバランスよく使えないんです。だから、リド魔術師のところでは、雑用が主な仕事で……」

「ではあの長ったらしい推薦状は、嘘か⁉　あれはなんだったんだ！」

「嘘じゃありません！　ちゃんと詐欺スレスレのラインで書いてもらいました！」

物凄く褒めちぎってもらったが、魔術が得意とは一言も書かれていない。

「何がスレスレだ！」

デ＝レイは目眩《めまい》を覚えて、額を押さえながら壁に寄りかかった。

その拍子に天井に張りついた羽の燃えかすが、ヒラヒラと舞うように落下してきたのが視界に入り、気分が滅入る。

（――いや、無理もないのか。何しろ五色使いなのだから）

古来、多色使いは有能だがそれは四色までと言われている。

五色使いとなると、力が強すぎて均衡を保つのが難しくなり、ほぼ使いこなせなくなる、とまことしやかに伝えられてきた。もっとも、五色使いなどという稀有《けう》な存在にお目にかかったことなどないので、真偽不明だったが。

デ＝レイは片方の口角を意地悪そうに上げた。

「なるほどな。よくわかった。『五色使いと暴れ牛は売り飛ばせ』と言うからな。確かにその通りなようだ」

牛と同列にされるなんて、あんまりだ。

というより、シエーナはそんなことわざを一度も耳にしたことはない。

でも「そのことわざ、今作りましたか？」などと聞ける空気では到底ない。

「お師匠様、お許しを……」

デ＝レイはシエーナの手から、焦げた木べラを奪い返した。

「君には、二度と木べラを持たせない」

「す、すみません。掃除します！　今すぐに！」

シエーナは惨状を何とかしようと、掃除道具を取りに作業室を飛び出した。

割れたビーカーを不機嫌な顔でテーブルの上の一ヵ所に集めるデ＝レイを盗み見ながら、シエーナは必死にモップで天井を拭いた。

そうして目が合うと、おずおずと聞いた。

「あの……明日も、私ここに来てよろしいでしょうか？」

こんな厄介過ぎる助手は、来なくていい。デ＝レイは密かにそう思ったが、その言葉を飲み込む。

モップを握るシエーナの手が、小刻みに震え、まるで祈るように握りしめられているのだ。

それを目にした途端、デ＝レイは小さく溜め息をついた。そしてやや無気力に言っていた。

「好きにしてくれ」

「ありがとうございます！」

その爆発的な笑顔を前に、デ＝レイは反応に困り、目を逸らした。

第二章　義妹はシエーナに子爵を推したい

オレンジ色の外壁に白い尖塔《せんとう》を持つ、イジュ伯爵邸。

その大きな屋敷の、数多《あまた》ある部屋の中で最も豪華で広い鏡の間では今夜、パーティが開かれていた。

着飾った近隣の貴族達が集い、給仕が運ぶ酒が彼らによって次々と消費されていく。

クルクルと踊る男女の横を、王都からわざわざ呼び寄せた評判の良い料理人達が作った料理をトレイに載せた給仕が、すり抜ける。

鏡の間に面した美しい庭にも、煌々《こうこう》と明かりが灯され、酔っ払った貴族達が涼んでいた。

「あなた、わたくし少し外しますわ」

夫であるエドワルド・イジュにそう断りを入れてから、大盛況のパーティをそっと抜け出したのは、イジュ伯爵家の一人息子に昨年嫁いで来たばかりの、メアリーだ。

彼女は鏡の間の入り口に置かれたマホガニー製の振り子時計で時間を確認してから、豪奢《ごうしゃ》なドレスの裾を摘み上げて早足に廊下を進んだ。

タイル張りの床を高く華奢《きゃしゃ》なヒールが叩《たた》き、カツカツという音が響く。

そうしてメアリーは目的の場所まで、真っ直ぐに向かった。

裕福な貴族の娘として生まれたメアリーは、比較的恵まれた順風満帆な人生を歩んできた。

というより、人生楽勝だった。

生まれた瞬間から、彼女は勝者だった。

持って生まれたのは、健康的な適度に肉付きの良い身体と、耳当たりの柔らかな澄んだ声。それに誰もが羨む美しい黄金の髪は滑らかな上に真っ直ぐな髪質で、瞳の色はこのティーリス王国でも一番人気の緑色だ。

蝶《ちょう》よ花よと両親に育てられ、大人になった。

そして成長目覚ましいイジュ伯爵家の後継ぎに嫁ぎ、今は贅沢三昧《ぜいたくざんまい》な日々を過ごしている。

自分の素晴らしい人生に、毎日感謝している。

夫のエドワルドはなかなかに見栄えが良いし、とにかく優しい。最高の夫だと思う。

義父のイジュ伯爵も温厚な性格だし、メアリーを気に入ってくれて、関係は上手くいっている。

一般的には拗《こじ》れがちと言われる義母との関係も、一切悩みがない。なぜならエドワルドの母は既に亡くなっていたから。

そう、なんの悩みもない。

――ただ一つ、義姉であるシエーナの存在を除いて。

メアリーは初めてシエーナに会った日のことを、よく覚えている。

あれはメアリーとエドワルドの婚約が決まり、イジュ家での晩餐会《ばんさんかい》に招待された日のことだった。

メアリーはまだ見ぬ義姉を思い浮かべ、少しワクワクしていた。

（あの気さくで優しくて、適度にお洒落《しゃれ》なエドワルドの姉だもの。倹約家だなんて噂《うわさ》はあるけれど、絶対に素敵な女性のはずだわ！）

自分のことも、気に入ってもらえる自信がある。

きっと将来は二人でドレスについて語り合ったり、流行のオペラを観に行ったり、本当の姉妹のように仲良くなれる。

ところが。

イジュ伯爵家に着くと、広い前庭にはメアリーを出迎える為に、使用人達を始め大勢の人々が集まっていた。

その中に、メアリーの視線が瞬時に釘《くぎ》づけになった人物がいた。

強烈にダサい女性がいたのだ。

（まぁ、誰かしらあの人？　伯爵様の近くに立っているから、イジュ伯爵家の親戚かしら）

着ているドレスはひと昔前に流行ったような詰襟のデザインだ。色も黄色なのか、黄緑なのかよく分からない。

まさか骨董品《こっとうひん》店で買ったのだろうか。

メアリーが「可哀想に。眉の描き方も古臭いし、メイクが下手なのね。今度私がみっちり教えてあげたいわ」と勝手なことを考えていた矢先。

ダサオーラ全開の女性はメアリーに向かって歩き出し、口を開いた。

「初めまして。私、エドワルドの姉のシエーナと申しま」

直後、シエーナはズデーン！　と思いっきり転んだ。慣れないヒールの靴が、長いドレスの裾を踏んでしまったのだ。

衝撃的な出会いだった。

そしてその義姉は今も現在進行形で、日々様々な衝撃をメアリーに与えている。

メアリーは自分を鼓舞する為に、つぶやいた。

「くじけてはいけないわ。お義姉様《ねえさま》も、いつかきっと貴族のレディらしさに目覚めてくれるはずよ」

メアリーはシエーナの寝室に辿《たど》り着くと、部屋をノックした。ひょっこりと顔を出したシエーナは、随分眠そうな顔をしていた。おまけに既に寝間着を纏《まと》っている。

下級侍女が着るような、飾り気ゼロのその寝間着に、一瞬メアリーの目が点になる。部屋を間違えたかと思ったほどだ。

さらに奇妙なことに義姉の前髪が、異様に短くなっている。こんなに短い前髪は、どう考えても今流行していない。

気になって仕方がないが、無理やり視線を前髪から引き剝がし、何も見なかったフリをする。

メアリーは気を取り直して、微笑を浮かべた。

目指すは誰からも好かれる、可憐《かれん》な義妹だ。

「お義姉様、もうお休みですか？」

「ええ。朝早くから出かけていたから、眠くて」

この義姉はメアリーには理解不能な行動ばかりする女性だった。

イジュ伯爵家の潤沢な財政状況にもかかわらず、徹底して贅沢を嫌い、屋敷の中でなぜか一人せ

っせと倹約に努めている。社交の場にはほぼ出かけないし、縁談は片端から断っていた。

挙句に王都の高名な魔術師の助手にしてくれ、と伯爵に謎の要求をし、去年からそこで働いている。それが丁度メアリーが嫁いできた時期と重なったため、メアリーは自分がこの義姉に嫌われているのではないかと、一時は疑心暗鬼になったほどだ。

だがどうやら当てつけなどではなく、義姉は本気で魔術に傾倒しているのか、一年経った今も、日中は魔術師のもとへと出かけていた。

勿論《もちろん》それはそれで、不安で仕方がない。

最近は出勤日を減らしたらしく、シエーナが家にいる時間が増えた。だが、逆に一日あたりの勤務時間は増えたようだ。

伯爵は娘に甘く、また幼い頃に母を亡くしたエドワルドにとって姉は母親がわりだったため、この屋敷の人間は誰もがシエーナの奇怪な行動に、はっきりと苦言を呈さない。

ただ、生温かい目で見ているだけだ。

最もメアリーが理解出来なかったのは、シエーナと伯爵が先月突如現れたハイランダー公の求婚を、断ったことだ。

あんな優良物件は、そういない。

狙って落とせるものですらない。なにせ通称「最後の聖域」だ。

自分が留守にしてさえいなければ、そんな過ちは絶対に犯させなかった。部屋から引きずり出してでも、シエーナを公爵に会わせただろう。

だからこそ、自分がしっかりせねば、とメアリーは心の中で息巻いた。

「き、今日もお義姉様は魔術師リドの所へ？」

「え、ええ。そうね。そ、そんなところよ」

シエーナはまごついた。本当はつい最近リドの魔術館を辞めている。王都にはもう行っていない。

だがその事実をシエーナは意図的に隠した。

ドルー渓谷の館で働き始めた、と知られれば、家族が今まで以上に困惑するのは目に見えている。

国の中でも高名で、多くの弟子を抱えるリドの魔術館と、怪しげな魔術師が一人で切り盛りしている陰気な渓谷のデ＝レイの館では、安心感が違う。

おまけにリドは人格者だったが、デ＝レイは残念ながら……なんと言っていいか分からない。

「お義姉様。あの……今夜のパーティもいらっしゃらないのですか？」

「えっ、パーティ……？」

「鏡の間で今夜パーティがあると、昨日もお伝えしたではありませんか」

メアリーお得意の微笑が、軽く引きつり始める。

「あ、ああ。そうね。で、でも私パーティは苦手なの」

シエーナは急に手首に痒《かゆ》みを感じ、ボリボリと搔《か》き始《はじ》めた。痒みは急速に広がり、次第に腕全体を広範囲に搔きむしりだす。

「パーティっていう単語を聞くだけで、蕁麻疹《じんましん》で痒くなってしまうのよ。本当にごめんなさいね」

メアリーは、ついに可憐な微笑を放棄した。

「あの、痒いのはもしや……お寝間着がお古いのではありませんか？　わたくしの物でよければ、新しい物がありますので差し上げますわ」

「何を言うの、着慣れていてとても着心地が良いのよ、結構よ。このくたびれ感が最高に身体にフィットするのよ。――私はただ、あの殆《ほとん》どが廃棄される運命の無駄ばかりの料理とか、酒臭い広間がどうも苦手で……」

メアリーにはシエーナの主張が全く理解できず、二人の会話は微妙に噛《か》み合《あ》っていなかった。

義妹を困らせていることを十分承知しているシエーナは、申し訳なさそうに言った。

「ごめんなさいね。明日も早いの。朝からケークサレを焼かないといけないから」

「ケークサレを？　お義姉様が？」

「ええ。難しくはないのだけれど、手間と時間がかかるの」

メアリーにとって、ケークサレは皿に載って目の前に出されるものであり、既に焼かれているものだ。

作らせるものであり、それがどう出来ているかなど、気にしたことすらない。

何せこの伯爵邸の調理場で何か作業をしたことは一度もなかった。

義姉の話が今一つ理解できないメアリーは、思い切って話題を元に戻す。

「それで、今夜のパーティは……」

「お誘いは嬉《うれ》しいわ。ありがとう。折角のお誘いだけれど、もうクタクタで」

何せススで真っ黒にした作業室の掃除に、ほぼ半日費やしたのだ。

「あの……もしや、お義姉様は将来魔術師になろうと？」

「いいえ、まさか。だから、心配しないで」

シエーナは部屋に戻りたい素振りを見せていたが、メアリーはまだ食らいついた。

今夜の本題はこれからなのだ。

メアリーは可愛らしく咳払《せきばら》いをしてから、改めてにっこりと微笑み、天使のような微笑を披露した。

「お義姉様、実は近々わたくしの実家で身内だけのパーティを予定しておりますの。それで、両親がぜひお義姉様にもいらして欲しいと申しておりまして」

「え、ええ。そうね。あなたの実家のパーティなら、ぜひ参加させていただくわ」

シエーナも何とか笑みを浮かべてそう答えた。

本当はパーティが苦手だが、不参加では義妹の顔が立たない。義妹の実家は同じ位の伯爵家だったが、それほど近くはないため、お呼ばれすることは稀《まれ》だった。

数少ないお誘いを断るのは、いただけない。

使命感に駆られ、シエーナが早々に参加を表明すると、メアリーはパッと顔を輝かせた。勢い余って、義姉の両腕を摑《つか》む。

「本当ですの!?　嬉しいですわ。――お義姉様はたしか以前、優しくて穏やかな男性がお好きだと仰ってましたよね？」

そうだったろうか。覚えていない。

シエーナは心の中で首を傾げつつも、えらく嬉々《きき》とした様子のメアリーの勢いに呑《の》まれ、頷《うなず》くほかない。

「わたくし、お義姉様に紹介したい人がいるんです。はとこのマール子爵が、お義姉様にとても会いたがっていて」

「マール子爵……？」

マール子爵とやらは聞いたこともないが、義妹の親戚となると、無下に断れない。

シエーナはぎくりとした。

「会ってもガッカリされるだけだと思うけれど」

「そんなことありませんわ！　当日はわたくしがみっちりお義姉様のお召し物からヘアスタイルまで、プロデュース致しますから！」

メアリーはシエーナの頭のてっぺんから爪先までをサッと観察した。

その緑色の瞳がギラリと輝く。

(大丈夫。切って、剃《そ》って、塗って、――描いて、ギュッと寄せて上げて、グイグイ締め上げればお義姉様も変身するわ……！)

「色々とありがとう。私のために」

「いいえ。家族ですもの！　パーティの日取りが決まったら、またお伝えしますわね」

「ええ、よろしくね」

ぎこちなく手を振り、シエーナはお休みを言うと扉をパタンと閉める。

閉じられた扉の表と裏で、義姉妹はそれぞれ対照的な反応を見せた。シエーナは大きな溜《た》め息《いき》をつき、うな垂れた。一方でメアリーはガッツポーズを決め、扉から離れる足取りは弾んでいた。

実家でのパーティは来月の予定だったが、シエーナが来てくれるなら、明日でも明後日でも良いくらいだ。

（お義姉様の気が変わらないうちに、パーティを開かなくては！）

猛烈な笑顔で廊下を歩き、鏡の間へと戻っていく。

やがてメアリーの足音が聞こえないほど遠ざかると、シエーナは肩を落として窓辺に向かった。

夜の闇を見渡せる窓ガラスに、暗く映る自分の顔。その黒い瞳は、外の闇夜よりなお暗い。

同じ屋敷の中にある鏡の間には、絢爛《けんらん》豪華な貴族達が集い、喧騒《けんそう》のただ中にあるはずだ。

（——でも。私は、この繁栄が砂上の楼閣に過ぎないことを、知っている……）

シエーナは窓の桟に両手をつき、動揺で微かに震える長い息を吐いた。

白く細い自分の手を、じっと見つめる。

爪の先に、今日掃除したススが入り込み、少し黒くなっている。

（もう、時間がない……）

イジュ伯爵家の栄華と繁栄は、幻のようなものだ。

その砂の城の中で、刹那的な快楽に浸ることはできない。

顔を上げて、窓に映る怯《おび》えた自分の顔を見る。

シエーナは思わず呟《つぶや》いた。

「私はどうしたらいいの？　教えてよ、ル＝ロイド……」

その問いには、勿論誰も答えてはくれない。


早朝の調理場は寒い。

もうすっかり冬だわ、と呟きながらシエーナは羊毛のショールを羽織り直し、胸元にピンでしっかり留めると、まな板を置いた調理台の前に立った。

まずは野菜を小さく切っていく。

玉ねぎに人参、それにほうれん草。

切った野菜をフライパンで炒《いた》めながら、ジャガイモの皮を剝く。

ジャガイモはすりおろして生地に混ぜるのだ。

次にボウルに小麦粉とバター、卵を割り入れて混ぜる。

そこへチーズをすりおろす。チーズは思い切ってたくさん投入するのが、シエーナ流だ。

すりおろしたジャガイモと、炒めた野菜を生地に混ぜると、型に流し入れる。

型を両手で持ち、軽く三回ほど調理台に叩きつけ、生地の中の空気を抜く。

ここまでくれば、あとはオーブンに入れるだけだ。

つまり、焼けるまで待つだけだ。

（お師匠様は、喜んでくれるかしら？）

おいしいと言ってくれる姿を想像してみる。妄想に過ぎないが、満足してシエーナは小さく微笑んだ。

焼きあがりまではまだかなり時間がある。

それまでに身支度を済ませよう、とシエーナは調理場を出た。なんだか今朝は、久しぶりにワクワクする。


駅馬車を降り、ドルー渓谷を歩いて魔術館に到着すると、粉のような雪がちらちらと降り始めた。

シエーナはケークサレを入れたバスケットの上に雪が積もらないよう、しっかりと抱えて道を急いだ。

デ＝レイの魔術館に入ると、中はまだ寒かった。

扉を開けてくれたデ＝レイが、接客用の広間に向かいながら言う。

「暖炉に火をつけてから、まだあまり時間が経っていないんだ。少しの間、コートを脱がずに我慢していてくれ」

シエーナは暖炉の薪を棒でつつくデ＝レイを見つめた。

「お師匠様は、夜は二階でいつもお過ごしなんですか？」

館の二階部分はまだ足を踏み入れたことがない。どうなっているのか、シエーナには分からない。彼女は天井を見上げた。

「ああ。二階は居住空間になっている。今二階から降りてきたばかりなんだ」

デ＝レイがカーテンを全開にし、黒いローブを羽織る。

このローブは一応制服のつもりだ。魔術師はまず、それらしく見えることが重要なのだと彼は考えていた。

シエーナは二階の様子を気にしつつも、雑巾でテーブルの上を拭き始めた。

広間の隅には、脚付きの鳥籠が置かれている。籠の中の雀《すずめ》は止まり木に止まり、羽を膨らませた状態で首を引っ込め、目を閉じたままジッと動かない。

「この子、お師匠様の使い魔ですか？」

「ああ。他の鳥に襲われていたところを、雛の時に助けたんだ」

「可愛いですね。フワフワのボールみたいになっています」

燭台《しょくだい》の上の赤い蠟燭《ろうそく》を補充していたデ＝レイは、口元を綻ばせた。

「冬は羽が生え変わるんだ。夏のイチ号はスリムで別人のようになるぞ」

「イチ号っていう名前なんですね」

その名を口にのぼらせると、イチ号は首を微かに伸ばしてその丸い小さな目を一瞬だけ開けた。

再び閉じると、また頭が体に埋もれていく。

その様子が可愛かったので、ついまた呼んでみたくなる衝動をどうにか堪える。

何度も起こしたら、可哀想だ。

この日の一番客は二十歳くらいの男だった。

男はランバルドで喫茶店を営んでいるらしく、開店前に慌てて駆けつけたとのことで、広間に入ってもまだ息が上がっていた。

デ＝レイが男を広間の椅子に座らせ、自身もその向かいに座る。

尻が座面につくや否や、男は堰《せき》を切ったように話し出した。

「助けてください！　俺の彼女が、いなくなったんです！」

行方不明者捜しだろうか。

広間の空気が、にわかに張り詰める。

王都のリド魔術館でも、行方不明者の捜索を依頼する客は、媚薬《びやく》や惚《ほ》れ薬《ぐすり》を買いに来る客に次いで多かった。

「俺には勿体《もったい》ないくらいの、美人なんです！　ああ、どうしよう、俺どうしたら」

「カルキンさん、まずは落ち着いてください。――彼女がいなくなった時の状況は？」

カルキンが頭を両手で掻きむしる。

「昨夜仕事から戻ったら、いなくなっていたんです。荷物もなくなっていて」

ん？　とシエーナは小首を傾げた。それは行方不明というよりは、もしや単なる家出というやつでは……、と。

デ＝レイが冷静な声で尋ねる。

「つまり、あなたと恋人は同棲《どうせい》していたんですね？　そしてその部屋から、彼女が出て行ったと」

カルキンは泣き崩れた。

黒髪の上に薄《うっす》らと残っていた粉雪が溶け、髪が濡《ぬ》れて顔まわりにへばりついている。

「お願いです！　彼女を捜してください！　ジュリエットがいない人生なんて！」

デ゠レイがすかさずハンカチをカルキンに差し出す。カルキンは一瞬躊躇《ちゅうちょ》したものの、手を出して受け取り、滝のように流れる涙をそれで拭う。

「カルキンさん、どうか落ち着いて聞いてください。あなたの恋人が自分の意思で出て行ったのなら、私は彼女を捜すお手伝いはできません」

「そんなぁ」と呻《うめ》いてカルキンがうな垂れる。

その様子を少しの間、じっと見つめていたデ゠レイが口を開く。

「――昨夜は本当に、お店でお仕事を？」

カルキンがぴくりと動き、ハンカチから顔を上げる。

茶色い瞳が、不安げに揺れている。

「は、いや……」

「魔術師の前で嘘《うそ》をつくと、良いことはありませんよ」

するとカルキンはぎこちなく椅子に座り直した。

「参ったな……。実は、最近客の入りが悪くて、昼には店を閉めて……。すみません、夜まで酒場で飲んでいました」

カルキンが目を閉じると、つーっと涙が流れる。

なんだか色々と気の毒で、シエーナは胸を痛めた。

デ＝レイは立ち上がると、飾り棚に置いてあった水晶球を手にし、カルキンの前に立った。

そうしてその水晶球を手のひらに載せると、カルキンの顔の周りでユラユラと動かし始めた。

「カルキンさん、あなたの未来を少し覗《のぞ》いてみましょう」

「俺の、未来？」

カルキンが目を瞬き、その近くで左右に揺すられる水晶球が、微かに三色に輝き始める。透明な球の中に、光の液体が漂っているように見える。

デ＝レイはその中を覗いた。

そばに立つシエーナは、デ＝レイの様子を目を丸くして見守っていた。未来を見るのは非常に高度な魔術だ。まさかデ＝レイがそれほどの魔術を操れるとは、思っていなかった。

とにかく、集中が必要な高等魔術の邪魔になってはいけないので、デ＝レイの視界に入らないよう、彼の後方に移動して息を詰める。

「――ジュリエットさんは、近い将来あなたのもとに戻ってきますよ」

「本当ですか！」

「ただし、これはあくまでも予想される未来のうちの、ほんの一つに過ぎません。未来というものは枝分かれして、たくさん存在しますから」

カルキンは目を見開き、デ＝レイの話を理解しようとパチパチと瞬いた。

「どの未来に転がるかは、あなた次第です。ご自身の行動が道を決めるのですよ」

「どうしたら、ジュリエットは帰って来ますか⁉」

「真面目に喫茶店経営に取り組んで下さい。――仕事帰りにいつも酒場に寄るのは、やめた方がいいですよ」

カルキンは気まずそうにデ＝レイから目を逸らし、いくらかムッとしたのか唇を尖《とが》らせた。

もしかしたら、同じことを誰かに注意されたことがあるのかもしれない。

カルキンは頭を掻いていた。

デ＝レイは水晶球を動かすのを止めると、まだ三色に光る球をじっと見つめて言った。

「それから、酒場でよくバッタリ会ういつも赤いスカーフを巻いている女性には、気をつけた方がいいですよ」

カルキンは驚いたように目を見開き、水晶球とデ＝レイを交互に見た。

「ど、どうしてそれを⁉　別に彼女とは本当になんでもないんです！」

「魔術師として私が申し上げられるのは、ここまでです」

カルキンはデ＝レイから借りているハンカチを両手で握り締め、縋《すが》るように聞き直した。

「真面目に待っていれば、ジュリエットは戻って来てくれるんですね⁉」

「約束しましょう」

「ありがとうございます‼」

大きな声で礼を言うと、カルキンは感激したように天井を仰いだ。

「来て良かった……。俺、頑張ります」

来た時とは打って変わって、爽やかな笑みを披露しながらカルキンが立ち上がる。

デ＝レイは羽根ペンの先に黒いインクを吸わせると、さらさらと書類に書き込み始めた。

客の名前や事情を簡潔に記録し、「未来を処方」と末尾を結ぶと、カルキンの前に置く。

「それではこちらにサインを。お代は二万バルになります」

結構高いのね、とシエーナは納得した。とはいえ、やはりドルー渓谷の価格だ。当社比で言えば高いが、王都の魔術館の相場と比べれば、とても安い。

もしも人気のリド魔術館で同じように水晶球で未来を見てもらったとしたら、おそらく十万バルは下らない。

カルキンは満足感に満ち溢《あふ》れた顔で書類にサインを記し、代金を支払った。

再度デ＝レイに礼を言い、広間を出て行くカルキンをシエーナが玄関まで送る。

カルキンは陰気な壁紙が続く廊下を、晴れ晴れとした表情で歩いた。

「いや～、さすがドルー渓谷の魔術師は凄いですね。未来まで変えちゃうんだから」

「ありがとうございます」

正確に言えば、デ＝レイは未来を見たのであって、変えてはいない。だがシエーナは敢えて訂正はしなかった。

どちらにせよ、カルキン本人が今後しないとならないことは、同じなのだ。

一番客を見送ると、シエーナは広間に戻った。

デ＝レイは書類の端に穴を開け、黒い綴《と》じ紐《ひも》で綴《つづ》っている。

「お師匠様、昨日の夜あのお客様が仕事をしていなかったと、よく分かりましたね」

するとデ＝レイは肩を竦《すく》めた。

「酒臭かったんだ」

答えを聞いてシエーナは感心した。デ＝レイは顔ばかりでなく、鼻も良いらしい。

シエーナはカルキンの酒の臭いになど、全く気がつかなかった。

「嗅覚が鋭いんですね。素敵です」

「それ、本当に素敵か？」

「……赤いスカーフの女性というのは、何なんですか？」

「カルキンの未来として最も濃く見えたのは、酒場で会ったその女と結婚することだった。だがあまり良い未来ではなかった。このまま行けば、一番可能性の高いものだったがな」

なるほど、とシエーナは納得した。


昼になると、シエーナは勇んで台所に向かった。

持参したケークサレをまな板にのせると、薄く切り始める。

隣ではデ＝レイが湯を沸かす。

崩れないよう、細心の注意を払ってナイフを入れつつ、シエーナはデ＝レイに尋ねた。

「それにしても未来まで見えるとは、驚きました。お師匠様なら王都の中心部でも、魔術館を開けますわ」

「祖母のル＝ロイドも水晶球を扱うのが得意だったんだ。子どもの頃から、私は祖母の特訓を受けていたんでね」

シエーナは黒い瞳を大きく見開き、パッと顔を上げた。

「祖母……。お師匠様は、あのル＝ロイドさんのお孫さんだったんですか？」

その通りだ、と答えながらデ＝レイが違和感を覚える。「あのル＝ロイドさん」という言い方は、まるでシエーナが彼女と知り合いだったようにも聞こえる。

「もしかして君はル＝ロイドに会ったことがあるのか？」

「いいえ」

シエーナの返事は、かなり食い気味だった。

内容が簡潔過ぎる上に、口調にどこか焦りを感じる。

デ＝レイが鋭く観察するような眼差しを向けると、シエーナは逃げるように食器棚に向かった。

その後ろ姿を見ながら、デ＝レイは考えた。

シエーナはデ＝レイに憧れてこの魔術館に来た、と言っていた。だが本当のところは、先代のル＝ロイドと何か関係があるのかもしれない。

シエーナはシエーナで、アイスブルーの射るような視線をビシバシと感じていた。

（今だけじゃないわ。ずっと、何か物凄く私を不審に思っているみたい……）

伯爵の娘とバレた時点で、シエーナが当初描いていたシナリオは、初っ端からつまずいてしまった。

本当は怪しまれないようにこの魔術館に入り込み、デ＝レイの信用を得るつもりだったのに。

食器棚にあった皿を借りると、ケークサレをのせて食卓に置く。

二人分を並べ終えた頃、デ＝レイも二人分の茶を淹《い》れて食卓に並べてくれた。

少しどきどきと緊張しながら、シエーナは席についた。

「焼きあがったのをそのまま持って来たので、味見してないんです。お口に合うか分からないんですが」

「ありがとう。いただこう」

デ＝レイが向かいに座ると、シエーナはバスケットから大きな瓶詰めの魚とりんごを出した。

デ＝レイの動きが止まる。

「こちらも一緒に食べましょう」

「重くなかったか？　いつもこれくらい食べるのか？」

純粋に疑問だった。

デ＝レイの周囲にいる貴族の娘というものは、摘む程度にしか食事をしない。

貴族の女は雀のイチ号のエサとたいして変わらない量しか、食べないものだ。特に若いうちは。

食べ過ぎるとコルセットの締めつけが苦しくなり、気持ちが悪くなるのだと聞く。

「だって、食べないと労働ができませんもの」

「なるほど。それはそうだな」

「それにお腹が空くと、イライラしてしまうし」

「イライラ……」

「しませんか？　お師匠様はお腹が空くと不機嫌になりませんか？」

「ああ、たしかになるな」

二人は目を合わせて笑い出した。

デ＝レイは一旦笑いを収めると、ケークサレにフォークを刺した。

口に入れるとバターの上品な香りが広がり、続けて野菜の旨味が存在を主張する。味は決して濃過ぎず、チーズの塩梅が素晴らしい。

デ＝レイは二口目を頬張りつつ、口角を上げて頷いた。

「美味い」

「本当ですか？　嬉しいです！」

デ＝レイが顔を上げると、弾けるような笑顔を見せるシエーナと目が合った。

釣られて思わずにっこりと彼も笑ってしまう。

「残りは全部置いていきますね！　夜にでも召し上がってくださいな」

今夜はドルー渓谷に残らず、王都のハイランダー公爵邸に戻るつもりだ。だがまさかそんなことは言えない。

一瞬返事に詰まったが、デ＝レイは頷いた。

「ありがとう。とても助かる」

今夜は国王や王妃と晩餐会の予定だ。

王宮の料理人が腕によりをかけて作るメニューで、食後はお腹がいっぱいになること間違いなしだ。

（だとしても、このケークサレは持って帰るべきだな）

金曜日まで魔術館に置いておけば、カビが生えてしまう。それはいただけない。

イジュ伯爵邸では伯爵の一人息子の妻、メアリーが義姉であるシエーナの帰宅を、今か今かと待ちわびていた。

正面玄関が見下ろせる二階の広い部屋に立ち、大きな窓の前を、手を揉《も》みながら左右にゆっくりと歩いている。

そのそばには彼女の侍女のルルが、心配顔で控えていた。

「メアリー様、シエーナ様が戻られるまで、まだ時間がかかると思いますよ。どうかお座りになって、お茶でもお召し上がりくださいませ」

「興奮してしまって、とてもじっとしていられないのよ。わたくし、本当に素晴らしいことを思いついたのだもの！」

メアリーはその白磁のような頬を桃色に染め、華奢な両手を胸の前に組んで恍惚《こうこつ》と微笑んだ。

遡ること一時間前。

ルルはメアリー宛ての手紙を執事から受け取り、彼女に手渡した。

手紙はメアリーの祖母からだった。

メアリーは居間のソファに腰掛け、その手紙を読み始めた。そして読み終えると軽く溜め息をついたのだ。

「困ったわね。ちゃんと策を練らないといけないわ。お祖母様はかなり本気みたいだから」

「本気とは、何に対してですか？」

「わたくしのはとこのマール子爵を、お義姉様に熱烈に薦めてきているの」

祖母からの手紙によれば、マール子爵は優しく穏やかな人柄で、大層な動物好きなのだという。

祖母は「動物好きには悪い人がいない」と手紙の中で四回も主張していた。余程確信があるのだろう。

「わたくし、お義姉様は恋をしたことがないのだと思うの」

恋は素晴らしい。

それまでなんの変哲もなかった景色に彩りを与え、毎日を鮮やかで美しいものに変えてくれる。

メアリーはそう確信していた。

貴族は政略結婚が多い。だが近年、ただ肖像画の交換だけで結婚に至るケースは稀だ。

その前に周囲がお膳立てし、二人が会う機会を設ける。男女の相性を多少なりとも確認しあった上で、両家は話を進めるのだ。

義姉とマール子爵の出会いをお膳立てするのは、自分しかいない。

「そう、わたくしがひと肌脱ぐしかないのよ！」

熱い使命感に駆られ、メアリーは拳を握り締めた。

どんな出会いなら、あの堅物の義姉の心を動かせるだろう？

「ねぇルル。お義姉様が仮面舞踏会でしつこいブ男に絡まれるというのは、どうかしら？　そこに謎の紳士が登場して、お義姉様を助けるの」

「まあ。まるで小説のような出会いですね」

「二人で素敵な時間を過ごした後、紳士はお顔だけ披露して、名も告げずに去るの」

そして、メアリーの実家のパーティで、二人は再会するのだ。

義姉は運命の出会いだと、確信するだろう。

メアリーは己の描いた妄想恋愛物語に興奮した。想像するだけで、胸がきゅんきゅんしてしまう。

「素晴らしいアイディアだと思わない⁉」

「でもメアリー様……。最初の設定に無理があります。シエーナ様はそもそも仮面舞踏会に行かれませんから」

ふふ、とメアリーは可愛らしく笑った。

名案が既にあったのだ。

「その点なら大丈夫よ。ねぇルル、お前たしか国立舞踏ホールに行ってみたいって、言っていたわよね？」

「え、ええ。そうですけれど」

「それに、お誕生日がもうすぐよね？」

ルルは嫌な予感に冷や汗をかいた。

この無謀で無茶な計画に、自分が引きずりこまれそうな予感がする。

「お前は、貴族の出だもの。きちんとお祝いをしなくてはね」

ルルはただの侍女ではない。

行儀見習いとしてイジュ伯爵家に来ている、下級貴族の娘だ。

だから他の侍女のようにベッドメイキングだの、掃除だのといった、雑用はせず仕事は主にメアリーの話し相手だ。

メアリーは祖母からの手紙をローテーブルに置くと、ルルの両手を握った。

「心配しないで。お前も楽しめるよう、とっておきのドレスと宝石をあげるから」

ああ、仮面舞踏会にシエーナと行かされるのは、自分なのだ、とルルは悟った。


ティーリス王国の王宮は、複数の建物が集まってできている。

最も大きな白い建物が、国王の住まい兼執務の場であり、その周辺にある建物には廷臣や使用人達が暮らしていた。

王宮の星の間では、今夜国王が弟のハイランダー公を招き、晩餐会を開いていた。

星の間は数世紀前に在位していた星好きの国王が作らせた部屋で、濃い青色の壁に色とりどりの貴石が埋め込まれており、それがまるで星々のように煌《きら》めき、美しい。

天井には星座にちなんだ神話や伝説の登場人物や動物の絵画が描かれており、幻想的な雰囲気を醸し出していた。

星の間の真ん中に置かれた長いテーブルに、次々と料理が運ばれてくると、国王は膝にナプキンを広げ、向かいに座るハイランダー公に尋ねた。

「で、結局イジュ伯爵家のご令嬢とは王宮での夜会の後、会ってないわけ？」

「はい。会っておりません」

するすると嘘をついてしまった。

ハイランダー公はシエーナが自分の魔術館で働いていることを、言いたくなかった。何しろ彼女自身が親にも隠しているのだから。

「それじゃ、どーすんの？　お祖母《ばあ》様の遺言」

先先代の国王が悪化していた財政を立て直せたのは、祖母である当時の王妃の助言によるものだったらしい。その為、祖母には絶大な信頼と影響力があった。

現在も彼女を讃《たた》える者は多い。

亡くなる前に彼女が親族達にそれぞれ書いた遺言書には、細々としたことがたくさん書き連ねられていた。親族のほとんどは、「健康に気をつけて」だの「両親を大事に」だの、「勉学に励みなさい」といった抽象的な内容が書かれていた。だがハイランダー公に対しての遺言はヤケに具体的だったのだ。

そこに書かれていたのは、たったの二つ。

「ドルー渓谷の魔術館を任せます」と「イジュ伯爵家のシエーナと結婚しなさい。その令嬢と結婚しないのなら、一生独身を貫きなさい」だった。

国王の隣に座る王妃は、七面鳥のハーブ詰めを、ナイフとフォークを使って小指の爪先ほどの大きさに切ると、真紅の口紅をさした口を小さく開いて食べ始めた。

あまりに小さなその一口を、口の中にもはやカケラも残らなそうなほどしつこく咀嚼《そしゃく》してから、ようやく嚥下《えんげ》する。王妃は皿の上で白い手をヒラリと振り、合図を受けた侍女がその殆ど食べられていない皿を下げる。

王妃はワインを一口飲んでから、ハイランダー公に話しかけた。

「王宮の女達は、あなたが独身でいる方が喜ぶかもしれなくてよ」

ふふふ、と笑う王妃を国王は軽く睨《にら》んだ。

「なんてことを。……まぁ、たしかにジュードなら一生女に困らなそうだが。羨ましい」

今度は王妃が国王を睨む。

デザートの載る皿がサーブされると、王妃は端に盛られた山羊のチーズをひとかけら、口に入れた。

そのキャラメルのような濃厚な味を堪能しながら、あることを思い出す。

「そう言えば、マール子爵がイジュ伯爵令嬢に大変な興味を持っているとか」

「なにぃ、どういうことだ？」

大きく切ったタルトを口に入れようとしていた国王が、ガバリと王妃の方を向く。

「マール子爵はイジュ伯爵令嬢の義妹の、遠縁ですわ。周囲の後押しがあったのでしょうね」

「イジュ家はここ十年ほどで、巨万の富を築いたからなぁ。その一人娘とあらば、やはり皆放っておかないな」

その話を聞かされたハイランダー公は、少しムッとした。財産目当てでシエーナを狙うなど、けしからんと思ったのだ。

だがすぐに人のことを言えた立場ではないと気がつく。

自分を動かしたのも、遺言とイジュ伯爵の経済的成功だ。シエーナに群がる男達と、大差ない。むしろ、同じ穴の狢《むじな》だ。

そう思うと、胸の内に微かな隙間風が吹いたような、切なさがこみ上げた。

あの夜、王宮夜会でシエーナに近づいた自分の行動が、急に恥ずかしく思える。

「マール子爵か。彼はあまり王宮には出入りしないからな。顔が思い出せないな」

国王がぼそりと呟く。

「あのメアリー・イジュの親戚ですもの。きっとハンサムだわ」

夫妻の会話を聞き、ハイランダー公は複雑な思いでタルトにフォークを刺した。

なぜこんなにも苛立つのか、分からない。とにかく、マール子爵とやらのことが、気になって仕方がない。

帰宅したら、シエーナがくれたケークサレを食べよう。そうすれば、少しはこの胸のザワつきが、収まる気がする。

晩餐会が終わると、国王はハイランダー公を建物の外まで見送った。

「渓谷の方はどう？　忙しい？」

「そうですね。一応、そこそこやり甲斐《がい》を感じる程度には」

「たまには一日ゆっくりしな？　セインが心配してたぞ」

どうやら従者が余計なことを言ったらしい。

ハイランダー公は苦笑した。

「兄上こそ、これからまた仕事をなさるのですか？」

「勿論！　国王は忙しいよ、まったく」

国王はへらへらと笑い、軽そうな話し方をする男だが、人一倍真面目だった。

下から上がる書類にただサインを書いていくのではなく、十分に勉強していた。その為質問も常に的確で、家臣も常に国王の意見を求める。

国王は起床後、食事の時以外は寝る直前までずっと仕事をしているのだ。

ハイランダー公は改めて自身の兄を見つめた。

兄は背が低く、もともと少し膨《ふく》よかな体型をしていた。

だが今はかなり細身になった。

国王として兄が背負うものの大きさを、痛感せずにはいられない。

シエーナがドルー渓谷の魔術師のもとで働き始めてから、二週目。

冬の朝のキンと冷えた魔術館への道を歩いていると、子ども達が賑《にぎ》やかにはしゃぐ声が聞こえた。

寒さでかじかむ手に息を吹きかけつつ、シエーナは声のした方向に視線をやる。

魔術館への道を少し離れた林の中で、十人弱の子ども達が集まって何やら遊んでいる。

（こんな寒い林で何をしているのかしら？）

興味をそそられて、枯れ枝が積もる林の中にザクザクと分け入り、子ども達に近づく。

林の中には川があった。この寒さで水が凍っていて、子ども達はその上でスケートをしていた。

下は五歳くらいから、上は十二歳くらいまで、おのおの自分の靴の裏に木のスケート板を紐で結んで装着し、楽しげに滑っている。

「おはよう。楽しそうね」

川べりから声をかけると、おはようございまーす、と明るい声が返ってきた。

その愛らしい声に、シエーナの口元が自然とほころぶ。

子ども達から元気をもらった気がして、寒い渓谷の朝の道を、背筋を伸ばしながらシエーナは歩いた。

シエーナが魔術館に到着すると、デ＝レイは片眉を上げて少しだけ驚いた様子だった。

この五日間でシエーナが冷静になり、魔術館勤めを辞めるかもしれない――そんな期待も持っていたのだが、どうやら彼女の決心は思ったより固いようだ。

状況は先週と何も変わっていない。

相変わらず着ているドレス——と呼んでいいのか微妙な地味過ぎる服は、なかなかのくたびれ感のあるダサいデザインだ。

むしろ胸元に下げている小さなカメオに、僅かなおしゃれ心を垣間見ることができて、感動すら覚える。

物言いたげにジロリと一瞥《いちべつ》されたシエーナも、デ＝レイには言いたいことがあった。

魔術館が相変わらず、ここは外かと思うほど寒い。

（お師匠様が毎日ここで暮らしているはずなのに、なぜこの館はこんなに冷え切っているのかしら）

今朝もデ＝レイが今更、バタバタと暖炉に火をつけている。

金色の髪は綺麗《きれい》に整えられていたが、まだ魔術師の黒いローブは着ておらず、羊毛の暖かそうなガウンを羽織っている。

シエーナは荷物を台所に置いてくると、デ＝レイに言った。

「今朝はこの渓谷が妙に賑やかだと思ったら、途中にある川で子ども達がスケートをしていましたわ」

スケート？　とデ＝レイは暖炉から顔を上げた。

「珍しいな。あの川は意外と表面しか凍らないから、事故がないといいんだが」

この辺りでは凍った川を渡ろうとして氷が割れ、冷たい水の中に落ちる事故が毎年のように発生する。

寒さが緩む昼前には切り上げてくれれば、とデ＝レイは思った。

この週の土曜日は大変忙しかった。

客が多く、広間の手前にある待合室のソファにも、順番待ちの客が座っていた。シエーナもデ＝レイも休む隙が全くなく、あっという間に時間が過ぎていく。

ようやく客が引けた頃。

窓の外を見ると空は雲一つない快晴で、いつもは暗い魔術館の前庭にも、珍しく暖かな日差しが降り注いでいた。

それに気づいたデ＝レイが、不意に記録帳に走らせるペンを止め、眉をひそめる。

この時ばかりは、シエーナにも師匠の思考がよく分かった。

幸い客も途切れた。

デ＝レイに近寄り、提案をする。

「お師匠様、ちょっと川の様子を見に行ってきてもよろしいでしょうか？」

デ＝レイがハッと振り返り、どこか安堵《あんど》したように頷く。

「ああ。頼む。念の為イチ号を連れて行ってくれ」

「はい！　お任せを」

イチ号！　と鳥籠に手を伸ばして雀を呼ぶ。

ところがイチ号は止まり木から微動だにしない。

シエーナは少し怒って更に手を近づける。

「ほら、川まで行きましょう」

イチ号はぷくっと羽を膨らませると、ぷいとそっぽを向いた。デ＝レイ以外の指示には従うつもりはないらしい。ドルー渓谷の雀は、プライドが高いのだ。

シエーナが咳払いをしてから、差し出した手でクイッと手招きする。

「ご主人様の命令よ？　いらっしゃい」

するとイチ号はやっと鳥籠から飛び出し、シエーナの頭の上に飛び乗った。

「ちょっ、ど、どこに乗ってるのよ！　――お師匠様、笑うところじゃないですから！」

笑いを堪えながらもデ＝レイがイチ号に注意をする。

「イチ号、女性の髪をぐちゃぐちゃにするんじゃない。ちゃんと肩に乗りなさい」

やっと肩に乗ったイチ号を睨みながら、シエーナは乱れた髪を片手で押さえて広間を出て行った。


子ども達で賑やかだった川べりは、妙に静まり返っていた。

流石に誰も滑っていない。

「良かった。暖かくなる前に、みんなスケートをやめたのね」

もう誰もいないのだろうと思い、帰りかけた時。思わぬ光景が目に入り、シエーナは目を見開いた。

少年が一人、凍りついた川の上で棒立ちになっているのだ。

慌てて近寄ってみれば、川の一部の氷が割れ、水が流れていることに気がつく。少年は孤島のように残された氷の上に、立っていたのだ。

一人で滑っていて、残されたことを誰にも気づかれなかったのだろう。

「助けて、お姉ちゃん！」

川の真ん中から少年が叫ぶ。

シエーナの方に駆け寄ろうとするが、少年の足元ではパキパキと氷が音を立て、白い表面が透き通っていく。シエーナは大声で叫んだ。

「氷が割れちゃうから、じっとしてて！」

岸からどうにか少年のいる場所に行けないかと、川辺を歩き回るが、どこも溶けてしまっている。

肩に乗るイチ号の頭を撫《な》でながら、話しかける。

「お師匠様を呼んできて！」

イチ号が羽ばたいて肩から離れ、館の方角に飛んで行くとシエーナは川岸にしゃがみ込んだ。

（私に、あの子が助けられるかしら……？）

水を凍らせる魔術のやり方は知っている。

リド魔術館で兄弟子が夏場によく魔術で氷を作り、食べていたからだ。

だがシエーナは一度も、成功しなかった。

「狼狽《うろた》えている場合じゃないわ」

しっかりしろ！　と自分を叱咤《しった》すると、シエーナは川べりぎりぎりに寄り、水面に手を伸ばした。

五色の元素の力を使い、水面を凍らせればいいのだ。水から熱を奪うことで凍らせるのだが、小さなコップの水の表面すら氷にできない自分が今、川を凍らせねばならない。

気合いを入れるために大きく深呼吸してから、シエーナは意識を呪文の詠唱に集中させた。

「情熱の赤、希望の黄、慈愛の緑、清廉の青、そして高潔の紫よ。——私の中の五色の元素に今命じる」

途端に広げた指先が、まるで暖炉の火にでも突っ込んだかのような強烈な熱に襲われ、シエーナは短く叫んで手を水面から引っ込めた。

恐る恐る指を確認するが、特に何ともない。

怖気付いている暇はない。

顔を上げると、氷が流されて少年の立つ位置が先ほどより下流に移っている。

少年は真っ青だったが、助けてくれることを信じているのか、目だけはひたとシエーナを見ている。

「やるのよ、やればできるわ」

再度水面に手をかざす。

じわじわと指先から手首まで熱が上ってくるが、耐えられないほどではない。

手の周りにチカチカと光が舞い始め、やがて五つの色がついていく。先ほどよりは順調にいっているようだ。

だが水面にはまだなんの変化もない。

「やめておけ」

突然背後から声がして、手首を掴まれる。

驚いて振り返ると、そこにはデ＝レイが立っていた。急いで走ってきたのか、イチ号を乗せた肩が上下に揺れている。

「五色の光をこんな所で出すんじゃない」

「でも、あの子が流されているんです！」

少年は怯えるあまり待っていられず、氷の塊のかなり端まで来ている。今にも氷からこちらに向かって飛び込みそうだ。

デ＝レイがシエーナを押しのけ、手で水面に触れた。

直後、ピキッと空気が揺れるような音がして、次の瞬間には三色の小さな光が稲妻のように水面を走り、同時に川からバキバキと大きな音が響く。

川はあっという間に凍り始めていた。

氷が細い道となって少年の立つ氷の塊に向かい、繋《つな》がる。途端に少年がそこを渡ろうと駆け出そうとし、デ＝レイが怒鳴った。

「まだ来るな！　薄過ぎて割れるぞ！」

指示通りに立ち止まった少年は、泣き出すのをどうにか堪えている。

「偉いわね、大丈夫だからね。もう少しで助けられるからね！」

シエーナが両手を口周りにあて、大声で氷の上の少年を勇気付ける。

川べりに膝をつくデ＝レイの手は、震えていた。

これ以上川の水を凍らせるのは、至難の業なのだろう。歯を食いしばっているが、きっと手が猛烈な熱に襲われているのだ。川から熱を奪うことで、水面を凍らせているのだから。

シエーナは館の方角を見やった。

もっと大きな力が必要ならば、聖玉《せいぎょく》を取って来なくてはならない。

（でも、今から館に戻るような時間は、きっとない……）

少年は過呼吸気味なのか胸を上下させ、パニックを起こしかけている。真っ青だった顔が、今度は真っ赤になっている。

「お師匠様、頑張って下さい」

シエーナは思わずデ＝レイの背に、手を当てた。

その瞬間、デ＝レイの身体に不思議なほど力が漲《みなぎ》った。まるでシエーナの手からエネルギーが供給されるような、そんな感覚だ。

熱さのあまり震えていたデ＝レイの手の揺れと、熱がおさまる。

（まさか五色の力か？）

そして次の瞬間、パキパキと固い音を立てて水面の氷が幅広く濁りだし、厚い氷の道となって少年の足元にたどり着いた。

「いまだ！　走れ！」

デ＝レイの声に弾かれるように少年は駆けた。川岸まで走ってきたところを、シエーナが抱きとめる。

ほっとしたのか、少年はわっと泣き出した。シエーナの瞳も、感極まって潤んでしまう。

少年の小さな背中を、シエーナは彼が泣き止むまでずっとさすってやった。


翌日、少年は父親に連れられて魔術館にやってきた。

昨日は救出後、少年に名を告げずにさっさと川べりを去ったデ＝レイだったが、黒いローブ姿が名乗るよりも雄弁に彼の正体を明かしていた。

父親は擦り切れた帽子を脱いで手の中に握りしめてから、何度も頭を下げた。

「うちのロンの命を助けて下さり、本当にありがとうございます。どうか、お礼をさせて下さい」

「こちらが勝手にやったことですから、お気になさらず」

「ではせめて、お二人を我が家にご招待させて下さい。ささやかではありますが、ぜひ夕食をご一緒に」

デ＝レイは渋った。

日曜日の就業後は館を閉め、王都に向かうので時間がない。

だがそこへ少年ロンが無邪気な笑顔で言った。

「僕のお婆ちゃんの焼くパン、絶品なんだよ？　ル＝ロイドもたまに来て、食べてくれたんだ」

それは初耳だった。

王妃だったル＝ロイドが、ドルー渓谷近隣の――それも決して裕福そうではない一家を訪問し、食事をご馳走《ちそう》になっていたとは、知らなかったのだ。

デ＝レイは、父親に問うような視線を向けた。

「ル＝ロイドを招待して下さったことが？」

「勿論です。この子が幼い頃はよく、咳の発作の薬を貰《もら》っていたのです。お代が払えない時は、夕食にお招きしていたんですよ」

「お婆ちゃん特製の黒パンだよ！」

するとシエーナがロンの目線までかがむと、微笑む。

「それは美味しそうね」

「うん！　食べに来てよ」

シエーナとデ＝レイは顔を見合わせた。

「帰りが遅くなったら君の父親は心配しないか？」

まずは自分のことを心配してくれたのが意外で、シエーナは胸の中が少しくすぐったくなるのを感じながら、答えた。

「前の職場では残業をよくしていましたから、よほど遅くならない限り大丈夫ですわ」

すると満面の笑みを浮かべて、ロンが「なら、決まりだね！」とぴょんぴょんと飛び跳ねた。

かくして二人は夕方に魔術館を閉めた後、ドルー渓谷の入り口そばにある、ロンの家に向かった。

ロンの家は、決して大きくはなかった。

所々ヒビが入った木の床に、毛玉だらけの赤い絨毯《じゅうたん》が敷かれ、簡素な燭台に蠟燭が灯されてほんのりと家の中を明るくしている。だがその狭さのお陰か、中は暖かい。

その手狭な平家に、近所の人々まで集められて食事が振舞われたため、木の長テーブルは客ですっかり埋まっていた。

ロンの家の椅子の数では足りなかったのか、明らかによそから借りてきたらしき、デザインが不《ふ》揃《ぞろ》いの椅子がいくつか交じっている。

シエーナはデ゠レイと並んで座ったが、手を動かすと隣にいるデ゠レイの腕に当たるので、慌てて引っ込める。

テーブルにはふかしたジャガイモや豆サラダ、そして黒パンが並べられている。

「いつもル゠ロイドさんにはお世話になっていました。こうしてまた、あの館の魔術師さんにお助けいただくとは」

ロンの母親があたたかな笑顔で、黒パンをすすめてくる。

シエーナはお礼を言いながら、かぶりついた。

スライスされた黒パンは耳の部分がパリパリと香ばしく、中は大変しっとりとしている。

ふすまごとライ麦を挽《ひ》き、パン生地を作っているために、白パンと違ってやや硬く、独特の酸味があった。だが風味が豊かで味わい深い。

ロンが期待を込めた顔でシエーナに尋ねる。

「どう？　お姉ちゃんもこのパン、好き？」

絶対に好きと言ってくれることを、確信している笑顔が眩《まぶ》しい。

「うん。凄く美味しいね」

ロンの家族が一斉に相好を崩す。

「お茶をどうぞ」

ロンの母親が淹れてくれた茶は、フルーツティーだった。

紅茶の茶葉は一般市民には高級過ぎて手に入らない。

その代わり、ロンの母親は乾燥果実や乾燥花弁、そしてニワトコの実をコップにザラザラと直に投入し、その上からお湯を注いだ。しばらく待つと、色が出てくるのだ。

スプーンでコップの底からゆっくりとかき混ぜると、まるでワインのような深みのある赤色に変わる。

飲んでみると自然な甘みと、それを引き立てる酸味、そしてフルーティな味わいがあった。

シエーナにとっては初めて飲む味だったが、鮮やかな赤色と強めの味がとても好みだ。

コップの中で沈んでいる茶殻も食べられるらしく、テーブルを囲むロンの家族も近所の人々も、皆飲みながら口に入った茶殻をザクザクと小気味良い音を立てながら食べている。

ジャガイモはふかしただけで、バターは高価なためロンの家にはない。だが、塩をかけてかじりつくだけでホクホクとして甘く、美味しい。

口の周りをジャガイモのかすでカピカピに汚しながら、ロンはシエーナに打ち明けた。

「本当は近くの池で毎年スケートをするんだけど、今年はあんまりちゃんと凍らなかったから、大人にダメって言われたの」

「そうだったの。もしかして、それで代わりに渓谷の川で滑っていたの？」

「うん。ちゃんと分厚く凍ってると思ったんだよ。だって、ドルー渓谷は暗くて怖いし」

怖いは関係ないだろ、とデ＝レイが口を挟む。

男性陣はビールをたくさん飲み、気づけば赤ら顔でほろ酔い気分の人もいた。

やがてロンの祖父がお手製の木のたて笛を吹き始めた。それに合わせて、ロンの父親が木枠に豚革を張った太鼓を打ち鳴らし始める。

すると食事を終えた人達が、自然とテーブルの周りで踊り始めた。

特に決まった動きがあるわけではなく、めいめい好きなように音楽に合わせて身体を揺らしている。

「お姉ちゃんも踊ろう！」

ロンの笑顔に誘われ、シエーナも席を立ってロンと両手を繋いで踊り始める。狭い居間の中で他の人達とぶつからないよう気をつけながら、くるくると回ったり、ロンが上げた腕の下をくぐったり。

ロンの祖母は、手についたパンくずを自分のスカートで乱雑に拭うと、席を立ってデ＝レイの横に立ち、その皺《しわ》だらけの手を差し出した。

「色男の魔術師様。このあたしと、一曲踊ってくれるかい？」

デ＝レイがニッと笑い、ロンの祖母の手を取って立ち上がる。

「勿論ですとも。お可愛らしい奥様」

酔っ払ったのか、顔を赤くした男性二人が楽しげに手を繋いで踊り、子ども達も、大人達の見よう見まねでその間で立派に踊っていた。

一曲踊り終わるとロンの祖母は息が上がってしまい、デ＝レイに深くお辞儀をしてから、席に戻った。

相手がいなくなったデ＝レイは、次の曲をロンの祖父が吹き始める前に、シエーナの前に向かう。

ロンとお辞儀をしていたシエーナは、顔を上げるなりデ＝レイが自分を見ていることに気がついた。

デ＝レイが左手を自分の腰の後ろに回し、右手を恭しくシエーナの前に差し出す。

「どうか次は、私と踊って頂けませんか？」

シエーナは可笑しそうにくすくすと笑い、機敏に手を前に出し、デ＝レイの手を取った。

王宮夜会では逃げられてしまい、一曲も踊れなかったデ＝レイからすれば、信じられない展開でもあった。

（そうか、公爵とダンスをするのは気乗りしなくても、魔術師となら良いらしい……）

胸中は実に複雑だったが、とりあえずこの場を楽しむことにする。

シエーナの手を取り、体を寄せると彼女は少し目を伏せた。動きに合わせて時折、その黒い瞳を上げてデ＝レイを見つめる。

至近距離から見下ろすと、透き通るような白い頬と黒い瞳が想像以上に愛らしく、デ＝レイは目が離せなかった。

ダンスが恥ずかしいのか、耳の上がほんのり桃色に染まっているのがまた、可愛い。

シエーナは逆に顔を上げられなかった。

少しは見慣れたと思っていたのに、やはりデ＝レイの容姿が眩しい。

怪しげで陰気な黒いローブを羽織っていれば、美貌は三割減になるので、近くにいても平常心を保てた。

けれどこうして仕立ての良いジャケット姿のデ＝レイは、異様にきらきらしく見えてしまい、直視に苦しむ。

ダンスのセンスのないシエーナは、とりあえず周囲の人々のように自分流のステップを踏んで動いたが、デ＝レイが片手を離して彼女を回そうとすると、間違えて逆向きに動いてしまい、お互いの手首を捻挫しそうになったり、見事にデ＝レイの足を踏んで全体重をかけてしまったり、ミスの連発だった。

だがそのたび、デ＝レイが面白そうに笑ってくれるので、じきにシエーナも踊りが楽しくてたまらなくなり、気づけば二曲目を二人で踊っていた。

シエーナはこっそりと打ち明けるように言った。

「私、夜会は苦手なんですけど、このダンスはとても好きです」

「――相手が良いからかな?」

少しふざけてデ＝レイが尋ねると、シエーナは小さく笑ってから答えた。

「そういうことにしておきますわ」

軽い調子で聞いてみただけなのに、デ＝レイはその返事に強烈な満足感を抱いた。

第三章　シエーナだけが知る、伯爵家の秘密

実にさわやかな月曜日の朝だった。

イジュ伯爵と息子のエドワルドとその妻のメアリー、そしてシエーナの四人は一つのテーブルを囲み、朝食を食べていた。

大きな窓からは柔らかな朝日が差し込み、テーブルの上のパンやスープをより美味しそうに見せている。

清潔な白いレースのカーテンの向こうには、緑豊かな広いイジュ伯爵邸の庭が見え、開放的だ。

メアリーはパンにジャムを塗りながら、イジュ伯爵に尋ねた。

「お義父《とう》様、今日はカメオ工房に行かれるのでしょう？」

「うん、久しぶりにね。老朽化しているらしいから、様子を見に行ってくるよ」

するとエドワルドが自分の可愛らしい妻をうっとりと見つめながら、口を開く。

「メアリー、君に似合いそうなカメオがあれば、貰《もら》ってくるよ」

「まぁ。嬉《うれ》しいわ、あなた」

花咲くような笑みを披露するメアリーに、エドワルドが鼻の下を伸ばす。

自分の妻がこんなに美人で良いのだろうか。

結婚して一年が経つが、毎日メアリーの可憐《かれん》さに感動している。日々新たな発見があり、妻の魅

力に驚くばかりだ。

たとえるなら、妻はまるで読み飽きない終わりのない小説のようだ、とエドワルドは感じた。

もっと単純に言えば、彼は幸せだった。

「何色のカメオがいい？　――まぁ、君にはどんな色でも似合ってしまうけど」

「ふふ。あなたったら。そうね、ブローチになっている青色のカメオが欲しいわ」

「分かった、覚えておくよ」

幸せそのもの、といった新婚夫婦を見てイジュ伯爵は微笑ましく思った。普通の人なら胸ヤケがする光景かもしれないが、お人好しの伯爵は違った。

ただ、娘のシエーナの様子が気になり、ちらりと盗み見る。

結婚にまるで興味がないシエーナも、少しは心動かされているかもしれない、と一縷《いちる》の望みを抱いて。

だがシエーナは弟夫婦をうっとりと見たりはしていなかった。彼女はイジュ伯爵と目が合うなり、やや厳しい口調で言った。

「お父様、のんびり食べている場合ではありませんわ。もうそろそろ出発されませんと」

カメオ工房は近くない。

海辺の村にあるのだ。

部屋の中の掛け時計を見て、イジュ伯爵は我に返って焦った。

時計を指差しながら、隣に座るエドワルドに声をかける。

「エド！　早く食べなさい！　あと十分で馬車に乗る時間だぞ」

伯爵は口の中に残るハムを、紅茶で流し込んだ。

男二人が出て行ってから約三十分後。

朝食が片付けられた部屋の片隅で、シエーナはあっ、と声を上げた。

イジュ伯爵が座っていた椅子の下に、大きな茶色の封筒が落ちていたのだ。

拾い上げて中を覗《のぞ》くと、カメオ工房の修繕計画に関する資料のようだ。

「お父様ったら、大事な書類を忘れたのね」

封筒を胸に抱え、急いで厩舎《きゅうしゃ》に向かう。


シエーナは二人乗りの小さな馬車で、父と弟を追いかけた。

小さな馬車の方がスピードが出るので、途中で二人に追いつけるかと思ったのだ。

だが二人はイジュ家の保有する馬の中でも特に足の速い馬に馬車を引かせていた為、残念ながら追いつけなかった。

結局シエーナはカメオ工房まで行く羽目になった。

カメオ工房は海辺の小さな村の中にある。

工房に到着すると、シエーナは馬車を降り、建物の中に入って行った。

窓に面して長い木の机が二列に並び、たくさんの職人達が貝を彫っている。

中は大変静かで、手工具で貝の表面を削る心地よい音だけが耳に入る。

入り口近くにいた職人が顔を上げ、驚いたように目を見開いてから、声を張り上げる。

「社長！　シエーナお嬢様がいらしてます！」

イジュ伯爵とエドワルドは細長い工房の奥にいた。

二人は慌てた様子でシエーナのもとに駆け付け、彼女の抱える茶封筒を見て、一瞬で事態を把握した。

「わざわざ届けに来てくれたのか！　――悪かったね、シエーナ。遠かっただろう？」

「でも助かったよ、姉さん！　着いてから気づいたもんで、取りに帰るわけにいかなくて」

伯爵は封筒を受け取ると、娘に提案した。

「お礼にどれか好きなカメオを持っていきなさい」

だがシエーナは首を左右に振った。

「もう十分持っているもの。――そのかわり、邪魔でなければ作業を少し見ていって良い？」

謙虚な娘の返事は、イジュ伯爵の予想通りだった。嬉しいような、少し寂しいような。

シエーナは職人達が貝を彫る姿が好きだった。

貝に下絵が描かれ、表面が削られていく。そうして立体的な白い像が現れると、彫られた部分は深みのある色を持つ美しいカメオになる。

たった一つの南の貝が、宝石のように変身するのだ。

それはまるで魔術のようだった。

シエーナが工房の隅の椅子に腰かけ、一心不乱に貝と向き合う職人達を見ていると、伯爵とエドワルドも彼女を挟むようにして椅子に座った。

エドワルドは転がってきて靴に当たった小さな貝を拾い上げた。

表面が半分ほど削られ、そのままにされている。

おそらく彫るのをやめ、職人が投げ捨てたものだ。

カメオになりきれなかった、いわゆる失敗作だ。

「懐かしいな。こういう本当に小さなカメオも、昔は売り込みに奔走したものだ」

そう呟《つぶや》きながら伯爵がエドワルドの手の中の貝を見下ろす。

「あの頃は本当に忙しかった。お前達が子どもの頃は本当に寂しい思いをさせた……」

あの頃――。

イジュ伯爵は起こしたばかりの宝石業をどうにか軌道に乗せよう、と東奔西走していた。

小指の爪ほどの小さなカメオをフェルト生地に何百と包み、鞄《かばん》に入れて営業に走り回った。

シエーナとエドワルドを構ってやる時間は、殆《ほとん》どなかった。

そう詫《わ》びる父に、エドワルドが明るく言う。

「そんなの今更、気にしないで。それに父上が努力して下さったお陰で、今のゆとりある我が家があるんだから」

屈託なく笑うエドワルドの隣で、シエーナは引きつった笑みを浮かべた。

シエーナは、エドワルドのようには笑い飛ばせなかった。

貧しく寂しかった子ども時代は、伯爵家の奇跡のような発展とともに終わりを迎え、今はあの頃を思えば夢のような栄華を誇るイジュ家がある。

そしてそれは、またしても夢のように呆気《あっけ》なく消えてしまうかもしれないことを、シエーナは知っている。

そう、全てはあの日に始まったのだ。

シエーナの母は、弟のエドワルドが赤ん坊の頃に亡くなった。

そして、悲しみにくれるイジュ伯爵が新しい妻として屋敷に迎え入れたのは、まだ二十歳の若い女性だった。

義母にとっては「伯爵」という称号に惹《ひ》かれただけの、まさに金目当ての結婚だった。

金の匂いを勝手に嗅ぎ取り、勇んで結婚したのだ。

シエーナは義母が初めてイジュ伯爵邸に来た日のことを、昨日のことのように覚えている。

当時の伯爵家はまだ宝石業が軌道に乗る前で、数代にわたる無能な先祖のお陰でかなり貧しかった。

加えて間の悪いことに伯爵領内では作物の病気が相次ぎ、領民もギリギリの生活を強いられていた。

殆どの使用人は解雇し、広い伯爵邸は手入れが行き届かず蜘蛛《くも》の巣だらけ。しまいには蜘蛛の巣がレースのカーテンのようになっていた。

硬いパンと薄めた紅茶を飲む日が続いた。

そんな屋敷にやって来たのが、恐ろしく着飾った若く美しい義母だった。

やって来た当日、義母は失神しそうなほどガッカリしていた。

広いだけの伯爵邸の中は酷く埃《ほこり》っぽく、屋敷の中の数多《あまた》ある部屋のうち、使われているのは僅かに五部屋ほど。

広大な庭は雑草だらけで、散策するどころか、外に出る気すらわかない。というより、錆《さ》びついたドアと窓が開かない……。

伯爵も仕事で忙しく、やがてストレスのあまり、義母はシエーナとエドワルドに辛く当たるようになった。

エドワルドはおねしょでシーツを濡《ぬ》らす度に怒鳴り散らされ、シエーナはピアノの練習で失敗をすると手首を何度も叩《たた》かれた。

ほんの些細《ささい》なミスで二人は食事を抜かれた。

三人は全くもって、上手くいっていなかった。

運命を分けたその日は、シエーナの誕生日だった。

伯爵は仕事が長引いたために出張先から帰れなくなり、義母は怒って屋敷を馬車で飛び出した。

連日、屋敷周りの雪掻《ゆきか》きをさせられたシエーナの足の指は冷たくて、やがて痒《かゆ》くて仕方がなくなった。指全体がぞわぞわと痒くて堪らず、掻きむしっていると、今度はパンパンに赤く腫れた。

まるで腸詰肉のように膨張した指が、恐ろしい。

医者を呼んで欲しくても、義母が帰ってこない。

「私の誕生日なのに、どうしてこんなに酷い日なの……」

悲しくて切なくて、そして困り果てたその時、シエーナはかつて使用人達が話していたことを思い出した。

「ドルー渓谷の魔術師は凄腕で、未来も変えられるらしい」「王都の魔術師と違って、料金も安い」のだと。

だから、シエーナは寝てしまったエドワルドを屋敷に置いて、単身ドルー渓谷に向かった。

──おうちにもっと、お金があれば。

ドルー渓谷の闇も、膝までの雪もものともせず。

自分の眉に、そして睫毛《まつげ》に粉雪が積もっていることも意識の外にあった。

──お父様のお仕事が、上手くいけば。

当時ドルー渓谷の魔術館にいたのは、ル゠ロイドと言う名のお婆ちゃん魔術師だった。

ル゠ロイドは七歳のシエーナが事情を話すと、大変同情をしてくれた。彼女はシワシワの細い手を伸ばすと、シエーナを優しく抱き締め、慰めてくれた。

「足を、どうかしたの？」

ル゠ロイドはシエーナの妙な歩き方が気になり、彼女の泣き濡れた黒い瞳を見つめてそう尋ねた。

そして、靴を脱いだ足を見て優しく言った。

「霜焼けだね。お薬もあげようね」

赤く腫れた足に薬を塗ると、ル゠ロイドは水晶球をかざし、その球体ごしに覗くようにして、シエーナを随分と時間をかけて観察した。ル゠ロイドの皺《しわ》だらけの手が透き通る水晶球の表面を幾度も往復する。

それが終わると、ル＝ロイドはシエーナに尋ねた。

「ドルー渓谷の魔術師に、何をお望みだい？」

シエーナは気づけば言っていた。

「お義母様《かあ》が、いなくなってしまえばいい！」

言ってから自分で驚いた。

自分の本当の望みは、これだったのかと。

するとル＝ロイドはゆっくりと話した。

「そうさね。人は……本のページをえいっと破って捨ててしまうみたいには、消せないんだよ。もちろん、殺すこともね。――でも出て行くように未来を変えることはできるよ」

「本当に？」

ル＝ロイドは頷《うなず》いた。

「ちゃんとお代はもらうよ。いくら払えるかな？」

「お金はないの。でも、私の中の聖玉《せいぎょく》をあげる。聖玉って高いんでしょう？」

ル＝ロイドは答えず、ただ微笑んだ。

「――どれどれ、お嬢ちゃんの聖玉は、何色かな？」

ル＝ロイドはシエーナの片手を取り、目を閉じて両手でその小さな柔らかい手を、握り締めた。

そして数秒後再び水晶球をかざすと、ル＝ロイドは驚愕《きょうがく》のあまりに目を大きく見開いた。

「お嬢ちゃんの聖玉は、少し変わっているね」

「そうなの？　お金にならないの？」

「そうじゃない。ただ……将来、元素の光を出せるようには、ならないかもしれない」

シエーナは魔術師になりたいと思ったことはない。だから別にそれは構わない。

「ル＝ロイドさんが買ってくれる？」

「もちろんだよ。これだけだとお釣りがくるくらいだからね、もう一つ、何か願いごとを叶《かな》えてあげるよ。――いや、あと二、三個いいよ」

シエーナは目を輝かせ、矢継ぎ早に願いを言った。

「お父様のお仕事が成功しますように。あと、弟がステキなお嫁さんと結婚できますように」

そこまで言うと、シエーナはうんうんと唸《うな》り、最後の願いを何にすべきか考えた。

しばらく悩んだ後、言った。

「あと、お父様の髪が増えますように」

イジュ伯爵の髪は、既にその頃から薄かった。

「本当にそれでいいのかい？」

「うん！」

ル＝ロイドは重たげな皺で垂れ下がった目尻を更に下げ、シエーナを見下ろした。

そうしてシエーナに言い聞かせるように言った。

「聖玉は後払いで良いよ。全て叶ったら、貰おうね。最後の願いが叶ったら、またここにおいで。

その時に聖玉を貰うから」

「お父様の髪の毛が、フサフサになったら、またこの魔術館に来れば良いのね？」

ル＝ロイドはにっこりと笑って頷いた。

そしてその後で、急に真顔になってやや厳しい口調でシエーナに警告を与えた。

「でも気をつけるんだよ。もし支払いを忘れたら、魔法は夢のように消えてしまうからね」

「絶対、忘れないよ！」

ル＝ロイドは手を伸ばし、シエーナの手をきつく握った。ル＝ロイドの指の爪がシエーナの手のひらに食い込み、痛みを覚えるほどに。

そうしてル＝ロイドはそれ自体がまるで呪文のように、厳かに口を開いた。

「もし、このことを誰かに話しても、同じ結果を招くよ。二人だけの秘密の契約だからね」

「絶対、話さないよ！」

シエーナは自信満々にそう約束すると、ル＝ロイドに渡された契約書に幼い字で署名をした。

そのようにして、七歳のシエーナは魔術師と未来の四度にわたる魔術の契約を交わしたのだ。

驚くべきことに、シエーナの願いは次々に叶った。

義母は実家に帰ってしまい、二度とイジュ家に戻らなかった。今では若い金持ちオペラ歌手と幸せな家庭を築いているらしい。

そして伯爵家はびっくりするほど金持ちになり、エドワルドは天使のようなお嫁さんと結婚した。

――伯爵の頭髪は、加齢と共にうねりが激しくなった。

正直増えたのかは、微妙なところだ。

しかし、シエーナには魔法で叶った裕福さを心から楽しむことが出来なかった。

若い妻に「ビンボー貴族のエセ伯爵」と罵られ棄てられた父は、傷心のあまり再婚できなくなってしまった。

シエーナは父から妻という存在を生涯奪ったことを、今では申し訳なく思っている。

だからこそ、自分も結婚はしないつもりだ。そんな権利はないだろう……。

恐怖の事態は、弟が結婚した直後にやってきた。

ル＝ロイドが亡くなったのだ。

そう、シエーナは対価を支払うことなく、魔術だけを享受してしまっている。

魔術師の死を知った時のシエーナの錯乱ぶりは、当然ながら凄まじいものだった。

築き上げた成功が、全て砂のように崩れてしまう。

以後、何が何でも魔法が解けるのを回避するため、シエーナはすぐにリドの魔術館に潜り込み、魔術書を読み漁った。高名なリドのもとには、一般人が手に入れることはできない、たくさんの魔術書があるからだ。

だが、どんな魔術書にも、ル＝ロイドがしてくれたような「その場にいない人の行動や未来を変える」魔術は載っていなかった。

たとえば本に載っていた人の行動を変える魔術では、魔術師は目の前の人から特定の選択肢を見えなくしたり、行動パターンを植えつけたりする。だがその場に対象者がいなければ、この魔術は決して成立しない。

次なる回避手段はドルー渓谷の魔術館に入り、ル＝ロイド所蔵の魔術書を読み漁って対策を講じることだった。

だが後継者のデ＝レイは美貌が眩《まぶ》しいだけで、肝心の魔術書に目ぼしいものはなかった。

最後の手段は、当時交わした契約書を燃やしてしまうことだ。

これをしなければ、早晩魔法が解けてしまう。貧乏に逆戻りだ。

（でも、でもそんなことどうやってするの？　十年以上前の契約書なんて、あの館のどこにあるのかしら）

そもそもデ＝レイにル＝ロイドとの契約を話さずに契約書を捜すのが、至難の業だ。

デ＝レイその人も、捉えどころがない。

とにかく、万事休すとはこのことだった。

どうしよう！

どうしたらいい？

シエーナは豪華な伯爵邸と陰気な魔術館を往復しながら、一人で焦っていた。


ハイランダー公にとって、自分をフッた変わり者の令嬢を観察するのは、意外にも愉快だった。

作業室をススまみれにされた初日こそは、雇ったことを若干後悔したが、今ではそうでもない、とデ＝レイは感じている。

シエーナはよく働くのだ。

まるでコマネズミのように。

基本的に何もしていない時間がまるでない。

館を掃除し、指定した庭のハーブを取りに行き（たまに雑草も混じっていたが）、洗浄して必要な部分を毟《むし》り、伯爵邸から持って来た茶葉で勝手に客に茶を出している。

とても良く働くのだ。日当八百バルにしては。

彼女が最も好きな仕事は書庫の整理らしく、姿が見当たらないと思うと大抵は書庫で魔術書の整理をしていた。

というより、整理するフリをしつつ魔術書を読んでいた。

ある日の昼休みも、食事を終えると書庫に籠り、少し経ってから出てきたのだが、随分顔色が冴《さ》えなかった。書庫が寒すぎたからだろうか。

どうした、具合でも悪いのかとデ＝レイが尋ねると、シエーナは呟いた。

「この館にある魔術書は、これで全部ですか？」

「ああ、そうだ」

シエーナは少し不満そうだった。

蔵書は結構な量だと思うのだが、プライドを若干傷つけられたデ＝レイは問い返した。

「王都のリド魔術館には、もっとたくさんあったのか？」

「いいえ。ほとんど変わりませんわ。……ル＝ロイドから受け継いだ書物も全てここにありますか？」

「ああ、その通りだ。それにしても君は魔術書が好きだな」

するとシエーナは突然怯《おび》えたように黒い瞳を見開いた。

「いいえ。そんなことは。……ひ、広間に戻りますわ！」

伯爵家の令嬢がこんなところで働くには、何かそれなりの事情があるに違いない。問い詰めるつもりは今のところないが、どうも何かル＝ロイドに関係があるのだろう、とデ＝レイは睨《にら》んだ。

この週の土曜日は客が少なかった。

いつもはテキパキと魔術館の中を動き回っているシエーナも、さすがに窓の外を眺めて何をするでもなく、立っている時間が多かった。

シエーナは度々広間の柱時計を見やっては、時間を確認していた。

実は今夜、魔術館の仕事が終わった後に、またもうひと仕事しなければならないのだ。

シエーナはそれが憂鬱で仕方がなかった。

もう何度目かの重苦しい溜《た》め息《いき》をつくと、ふとデ＝レイと目が合ってしまった。

「今日はどうしたんだ？　朝から鬱なオーラが全身から漂っているぞ。この魔術館をこれ以上陰気にする気か？」

「す、すみません。実は今夜、この後仮面舞踏会に行かなくてはならなくて」

「……舞踏会？」

聞き捨てならない。

夜会は苦手だと言っていたのに、
そもそもイジュ伯爵令嬢が大のパーティ嫌いだというのは、有名な話だ。以前から滅多に夜会に出ない、と聞いている。

なのに、なぜ。

デ＝レイは水を向けてみた。

「君は……舞踏会によく行くのか？」

「いいえ。でも、今日は義妹のお気に入りの侍女の、誕生日なんです。彼女は王都の仮面舞踏会に出るのが夢だったみたいで」

先日、魔術館での一日を終えて伯爵邸に帰宅した時のことだった。

義妹のメアリーがシエーナを待っていた。メアリーはシエーナの姿を窓の外に発見するなり、玄関から飛び出してきて出迎えてくれた。

そしてメアリーはあの驚異的に可憐な笑顔で、思いもかけない頼みごとをシエーナにしてきた。

「ルルが仮面舞踏会に行きたがっておりますの。お義姉様《ねえ》、連れて行ってやってくださらない？」

シエーナは勇気を出して、自分ではなくメアリーが連れて行ってあげたらどうか、と提案してみた。可愛い義妹の頼みを断るのは、なかなか気力がいるものだ。

だがそれに対し、メアリーは大仰に首を左右に振ったのだ。

「あそこは未婚の男女が行く所ですわ。わたくしが行ったと知れたら、エドワルドに怒られてしまいますもの!!」と。

そこまで聞いて、デ＝レイは口を挟んだ。

「どこの仮面舞踏会だ？　王都の国立舞踏ホールか？」

「よくお分かりですね。もしやお師匠様も行かれたことが？」

国立舞踏ホールで行われる舞踏会は参加費が非常に高く、その上基本的には紹介状がないと入れない。

必然的に貴族達の遊び場兼社交の場となっており、若い貴族達の出会いの場でもあった。

デ＝レイは慌ててかぶりを振った。

「単に有名だから知っているんだ。非常に華やかなダンスホールで、ティーリス王国の女性なら一度は行ってみたい、と夢見る場所だと言われているらしいな」

何度か行ったことはあるが、デ＝レイはシラを切った。

「本当は舞踏会が苦手なので行きたくないんですけれど、義妹の頼みですし。それにルルが凄く楽しみにしていて」

再び登場した義妹、というキーワードにデ＝レイは敏感に反応した。

先日の晩餐会《ばんさんかい》での、兄夫婦の話を思い出したのだ。

そう、マーラーだかマーレだか、たしかそんな名前の子爵がシエーナを狙っている、という噂《うわさ》話《ばなし》を。

デ＝レイはつい、ロンの家でダンスをしていたシエーナの様子を思い出してしまった。

そして気づけば妄想していた。

王立舞踏ホールでシエーナが美しいドレスを着て、楽しげにマーなんとか子爵と踊る姿を。

それはなんだか、……不快な光景だ。

デ＝レイは呟いた。

「今夜か……」

「明日の出勤に響かないよう、飲みすぎないようにちゃんと気をつけますわ」

「あ？　それはどうでもいいが、何時頃行くんだ？」

いやいや、何を言っている。何を聞いている。

デ＝レイは自分自身に突っ込んだが、確かめずにはいられない。

「義妹が妙に張り切っていて、私の身支度をやってくれるつもりらしくて、多分それが終わってから……」

「何時だ？」

「その前に帰宅するのに一時間かかりますので、」

「何時に舞踏ホールに着く？」

なぜ執拗《しつよう》に到着時間を聞かれるのか不可解に思いつつも、シエーナは頭の中で計算する。

「おそらくは八時頃になるかと」

「八時」

なかなか遅い時間だ。

デ＝レイはふと考えた。

国立舞踏ホールには以前、行ったことがある。だが紹介状はどこにしまっていただろうか？

書斎だろうか。思い出せない。

デ＝レイも視線を上げて柱時計を見つめた。

そして何となくシミュレーションをしてしまう。――魔術館を閉め、王都に戻って紹介状を捜す。その後自分が身支度をするには、どのくらい時間がかかるだろう？

（いや、私は何を考えているんだ……。ホールに行って、どうしようというんだ）

だが、これは義妹とやらの策略かもしれない。

くだんの子爵との出会いが仮面舞踏会でセッティングされていて、そこに子爵も来ているに違いない。

そうしてシエーナと子爵が、二人で手を取り合って、舞踏会場で踊るのだろう。

（だめだ。そんなのは、けしからん）

想像するだけでイライラする。

もしや自分は空腹なのだろうか……。

いや、昼食は食べたばかりだ。

デ＝レイは窓辺で客を待つシエーナの横顔をちらりと見た。

そして気がついた。

（そうだ。私には雇い主として、彼女を守る責務がある――コレだ）

なぜ妙にイラついたのかが、分かった。人畜無害で地味な令嬢が、金目当てのちゃらんぽらん（かもしれない）な貴族の男に、騙《だま》されるのを看過するわけにはいかない。


シエーナが伯爵家に帰宅すると、メアリーは彼女を拉致するかのように自室に連れ込んだ。

そうして侍女五人がかりで、シエーナの頭のてっぺんから足の爪先までをいっぺんに改造した。

髪に香油を塗り、纏《まと》め上《あ》げて金粉を振りかける。

デコルテや腕、手の甲、そして膝下を小さな剃刀《かみそり》で入念に剃《そ》り上げ、ツルツルにする。

お腹を締め上げ、全身の肉を胸に回す。

なんとか作り上げた鞠《まり》のような胸の膨らみに、微粒子状のパウダーをはたき、キラキラと目立たせる。

化粧の前に眉毛を抜いたり切ったりして、ダサい形の眉を流行の形に整える。

ようやく身支度が終わると、侍女達の息はすっかり上がっていた。かなりの重労働だった。

後で侍女達に、特別手当を支給しなければならない。

「お義姉様！　お美しいですわ。義妹のわたくしも、思わずうっとりとしてしまいますもの」

メアリーは心の底からそう言った。

「さあ、ルルと楽しんできて下さいませ！」

シエーナは慣れない高いヒールの靴に転びそうになりながら、仮面をつけた顔を引きつらせて礼を言った。


イジュ伯爵家の黒い馬車が、王都を走る。

国立舞踏ホールは、王都の中心部に建っている。

そこへ馬車で乗り付け、正面玄関に向かうと、既に舞踏会の喧騒《けんそう》が漏れ聞こえてくる。

入り口でイジュ伯爵家が持っている紹介状を見せ、建物に入る。

扉が開くと人々の話し声や笑い声、そして管弦楽団の演奏がよりはっきりと聞こえる。

モザイク状の木の床を持つ、小ホールの奥には大きな扉があり、その両側には警備係が立っていた。シエーナが彼らに再び招待状を見せると、扉が開かれた。

（凄い熱気……！）

その先が舞踏会場だった。

高い天井からぶら下がるシャンデリアが煌《きらめ》き、その眩しさにシエーナが一瞬目を瞑《つぶ》る。

広いホールのそこかしこに金銀の装飾が施され、テーブルには豪華な料理が並べられている。

壁には隙間なく絵画や彫刻があり、王宮の中かと見紛うほど絢爛《けんらん》だ。

そしてそこに集い、お喋《しゃべ》りやダンスに興じる人々も場に負けず劣らず、豪勢な服装を纏っている。

国立舞踏ホールは想像以上に華やかで、気おくれしたシエーナは足をその場に踏み入れた数分後には、猛烈に帰りたくなった。

(だめだめ。私が踊りに来たんじゃないのよ!)

侍女のルルの為に来ているのだ。

まったくもって頼りない引率ではあったが、シエーナは少しでも任務を果たそう、と頑張った。

咳払《せきばら》いをしてから、ルルに声をかける。

「ル、ルル……。まずは、おお、お酒を一杯いただきましょうか」

慣れない華美過ぎる場にカチコチに緊張しながら、シエーナは同じく唖然《あぜん》と辺りを見渡すルルの手を引き、奥へと進む。

皆が仮面をつけているので、どんな表情をしているのかも、分からない。

女達のドレスは刺繍《ししゅう》がふんだんに施され、繊細なレースやビジューも惜しみなく使われている。誰もが贅沢《ぜいたく》と見栄と、プライドを具現化したものを纏い、もはや本人の個性を覗かせないために武装しているようにすら思える。

シエーナはどうにかルルと二人で、ホールの中ほどまで歩いてきた。

そこで給仕を捕まえて、とりあえずお酒を手に取る。青い酒にさくらんぼの糖蜜漬けが沈んでいて、ここは飲み物までお洒落《しゃれ》だ。

「お、美味しいですね、シエーナ様」

「ええ、本当に」

ぎこちなく二人は酒を口にする。

ルルは目の眩《くら》むような豪華な舞踏会に気圧されながらも、視線を彷徨《さまよ》わせて周囲の様子をうかがった。

メアリーの計画では、この後「イケてなさ過ぎてお義姉様が全然お呼びでない」ショボ男が近寄ってきて、シエーナをダンスに誘うはずなのだ。

その男には二人が着ているドレスの色や髪の色を、人伝てに教えてある。

ルルはグラスの中のさくらんぼを摘み上げて口に入れながら、それとなく「イケてない男」を目を彷徨わせて捜す。

シエーナもルルも、額から鼻までを覆う仮面をつけてはいたが、首や胸元から、二人が若いことはすぐに分かる。

若い女性二人が連れの男もなく、立ち尽くしていれば、声をかけるのが舞踏会のマナーだ。

まもなく二人に、一人の紳士が近づいてきた。

明らかにマナーを守る為に声をかけようとしてくれた紳士で、若くはなさそうだがすらりとしていて見た目も悪くない。

（部外者は、今はシエーナ様に話しかけないで……！）

ルルは慌てて身を割り込ませ、その紳士の手を取った。

メアリーの描いた子爵と伯爵令嬢の素敵な出会いを邪魔する者は、捨て身で追い払うしかない。

「わ、私とぜひ一曲踊って下さいな！」

紳士は口元を綻ばせ「勿論《もちろん》ですともお嬢さん」とルルの申し出に応じる。

シエーナはルルの積極性に呆気に取られていた。

(ルルったら、物凄く張り切っているのね……。連れてきて良かったわ)

離れていくルルを見送る。

するとそんなシエーナの前に、急に一人の若い男が立ちはだかった。

脂ぎった黒い髪が目を引く、ガリガリに痩せた案山子《かかし》のような体形の男だ。畑に立っていたら、本当に案山子と見間違えそうだ。

男はおずおずと口を開いた。声を裏返しながら。

「ぼっ、僕とワルツをいかがです?」

思わずシエーナは男の風体を観察してしまった。

茶色い上下を纏い、長いくちばしが付いた鳥の仮面をつけている。

随分緊張しているのか、額に脂汗が浮いている。

とはいえ緊張しているのは、こちらも同じだ。

思わず苦笑しつつも、シエーナは快諾して男の手を取る。

「ええ。ぜひ」

手を握った瞬間、シエーナはぎょっとした。

男の手がまるで糊《のり》でも塗りたくったみたいに、ベタベタだったのだ。

瞬時に考えを巡らせ、舞踏会場の一角に並べられている料理を一瞥《いちべつ》する。

そこには菓子類も豊富にあった。

（アイシングの掛かった焼き菓子を、食べたばかりなのかしら？）

謎の粘着性を持つ手のひらについて、シエーナはどうにか自分が納得する原因を想像した。

ダンスに興じる人々の中に二人で分け入り、向かい合って踊り始める。男の手が背に回され、ドレスの背中部分の生地にペタッと貼りつく。

男とはかなり踊りにくかった。なぜなら鳥の仮面のくちばしが、長過ぎるからだ。

ステップで近づいた拍子に、仮面のくちばしがシエーナの頭に刺さりそうになる。

角度と勢いによっては、結構な凶器になりそうだ。

（この人、どうしてこの場にこの仮面を選んだのかしら？　明らかに選択ミスよね）

シエーナはそれが義妹の選んだ仮面だなどとは、知る由もない。

男は緊張した声で自己紹介を始めた。

メアリーの作戦の一つで、「今をときめくイジュ伯爵家の令嬢にとっては、お呼びでないお家のかた」であることを、早々に明かすのだ。

「ぼ、僕はメルク男爵家の六男の、ロンと申します」

「まぁ、ロンというのね。私には同じ名前の友達がおりますわ」

メアリーの目論見は妙な方向に外れた。

シエーナは肩書きよりも、名前に気を取られたらしい。その上、ロンという名に無駄に親近感を覚えたのか、上機嫌になっている。

踊るシエーナとロンを、やや離れたところから見つめている男がいた。

二十分ほど前にホールに到着していた、ハイランダー公その人である。その隣には、従者のセインがいた。

ハイランダー公は顔全体を覆う銀色の仮面を被っていた。真っ赤な酒が入った華奢《きゃしゃ》なグラスを片手に、首を傾げる。

(あれがマール子爵か？　想像していたのとは、かなり違うな)

もう少し浮ついた風体の男を想像していた。ハイランダー公は視線をシエーナに向けたまま、顎でロンを指した。

「セイン、あの妙ちきりんな鳥仮面が、マール子爵か？」

「もしやそれはマール子爵のことで？　それなら違いますよ。マール子爵はあんなに痩せていなかったと記憶しています」

「なんだ、違うのか」

ここにマール子爵が来るかもしれない、というのは考えすぎだろうか。そう思い始めながらも、ハイランダー公はセインと共に壁際にはりついて、シエーナの様子を見守る。

ハイランダー公に観察されているとは夢にも思わず、シエーナとロンは二曲目のダンスに突入していたが、その曲も終盤に近づくと、ロンは言った。

「次もお相手をお願いできますか？」

ロンの申し出に対し、シエーナは流石に快諾をしかねた。正直言って連続で踊れるほど、元気がない。

何せ朝から夕方まで労働をしていたのだから。

「申し訳ないのですけれど、少し休みたいわ」

「そうつれないことを仰らず」

「もう足が棒のようですの」

「まだ離しませんよ」

その時だった。

二人の間に、一人の男の腕が差し込まれた。

「な、なんだ君は⁉　ダンスの途中で失敬な！」

ロンが芝居がかった驚きの声を上げ、睨みつける。

二人の動きを止めたのは、茶色い髪に同じ色の瞳を持つ、赤い仮面をつけた男だった。マール子爵が満を持して登場したのだ。

マール子爵はロンを一瞥して口を開いた。

「レディにダンスを無理強いするものじゃない。さぁレディ、私と行きましょう」

シエーナの前にさっと差し出された子爵の手には、人差し指と中指の間に白い薔薇《ばら》が挟まれていた。

温室で栽培されたものだろう。

物珍しさにシエーナが受け取ると、今だとばかりにロンはそそくさと姿をくらます。

「あっ、ロン⁉」

シエーナが慌てて声をかけるも、彼はホールの人込みの中に消えていった。

ここでお役ご免だ。後でメアリーに可愛い女の子を紹介してもらえることになっている。

シエーナの手の中の薔薇をマール子爵が引き抜き、それに気づいた彼女ははっと視線を子爵に戻した。

マール子爵は口元に笑みを浮かべた。

「逃げてしまいましたね。……この薔薇の白さが、あなたの黒い瞳にとても似合います」

子爵はそういうと、シエーナの髪に薔薇を挿した。

人生初の経験に、不覚にもシエーナの胸がどきんと強く打つ。

（舞踏会に来ている男の人って、なんてキザなことをするのかしら）

次の曲が始まると、子爵は踊ることなく、シエーナをホールの隅に連れて行った。

ソファが並ぶ場所まで行くと、彼女を座らせる。

赤いビロード張りのソファは、座り心地が大変良い。

子爵は少しその場を離れると、手に濡れ布巾を持って戻って来た。

「お手に何かついているようですね。どうぞ、お使い下さい」

「ありがとうございます。……実はさっきから気になっていて」

気が利く人だ、とシエーナは嬉々《きき》として手を拭いた。

「私も隣に宜しいでしょうか？」

子爵はシエーナが座る長いソファの空いているスペースを、指差した。

「勿論ですわ」

隣に子爵が腰かけると、シエーナは尋ねた。

「助かりましたわ。……こちらにはよくいらっしゃいますの？」

「いいえ。普段は田舎に住んでおりますので。今回は用事があって、王都まで参りました」

子爵はシエーナの胸元をじっと見つめた。義妹が苦心して作らせた、シエーナの胸の谷間に見とれていたわけではない。彼はシエーナが身につけていたピンク色のカメオに注目していたのだ。

「素敵なカメオですね」

「まぁ、ありがとう。私も気に入っておりますの。嬉しいですわ」

すると子爵は片手を軽く上げ、自分の上着の袖口を見せた。

「実は私もここにカメオをつけていまして」

子爵の上着の袖口には、細い鎖で繋《つな》がれた飾りボタンがついており、それがカメオでできていた。

シエーナは思わず顔を近づけて、ボタンをよく見た。

それはすべて、馬の姿が彫られたカフスボタンだった。

「動物なのですね。珍しい！」

「とても気に入っているんです」

「カメオはたいてい、女性の横顔を彫ってあるものですものね。犬や花もたまに見かけますけど、馬は初めて見ましたわ」

子爵は少し得意げに笑ったあとで、小首を傾げた。

「言われてみれば、なぜカメオは女性の横顔ばかりなのでしょうね？」

今度はシエーナが得意げに笑った。

「それはですね、世界で一番美しいものは女性の横顔だから、と言われているからなんです」

「それは知りませんでした！」

二人はくすくすと笑った。

ハイランダー公はホールの柱の陰に立ち、少し離れたところにいるシエーナと子爵の様子をジッと見ていた。

生ハムののったクラッカーを口に放り込みながら、セインが言う。

「そうそう、あの男性が例のマール子爵ですよ」

「あれか……」

（楽しそうじゃないか。そしてマール子爵も紳士風で、なかなかのお人柄のようじゃないか。……いらん心配をしていたようだ）

良かった良かった。

――そう思いたいのだが、なぜかギリギリと胃の辺りが不快で仕方がない。

自分は何をしに来たのだろう。

シエーナが妙な男に捕まるのを、防ごうとしたはずなのに。

（公爵より、子爵の方が良いと……？）

気づけばそんな、黒い嫉妬じみた感情が、止めようもなく滲《にじ》み出てきてしまう。

子爵がボタンをシエーナに触らせ、二人の手が軽く触れ合っている。

（あの子爵、うちの助手に何を勝手に触っているんだ……！）

苛立ちをどうにか鎮静化しようと仮面を少し外してグラスの酒を自分の口元に寄せ、勢いよく喉に流し込む。

飲み終わると仮面をつけ直す前に、すぐ傍から女の黄色い声が上がった。

「あっ……！　あなたは」

まずい、と急いで仮面をつけ直すが、既に遅かった。たとえ数秒でも、ハイランダー公の美貌は隠し切れない。

近くにいた女は実に嬉しげな笑みを浮かべて、ハイランダー公の目の前に歩いてきた。

「公爵様ではありませんか！　いらしていたのですね」

女は目の周りだけを覆っていた猫の仮面をパッと外しながら言った。

「わたくしですわ。ヴェルナー侯爵家のコンスタンツェよ」

この取り込み中に、話しかけてこないで欲しい。

心の中ではそう思ったが、ハイランダー公はそつのない笑みを返した。

ちらりと盗み見れば、シエーナとマール子爵はまだ何やら楽しそうにお喋りしている。まるで久々に巡り合った友人のように。

どすん、と胸に謎の負荷がかかる。

（……なんなんだ。なぜだ）

通りすがりの給仕に空のグラスを返すハイランダー公に、コンスタンツェが話しかける。

「公爵様、今宵はお一人ですの？」

すると周囲にいた他の人々も、ハイランダー公の方へ顔を向けた。

公爵、という単語が聞こえたのだろう。

今はあまり気づかれたくない。

ハイランダー公は、まるで小鳥がさえずるように公爵様公爵様と騒ぐコンスタンツェの手を取ると、笑顔を披露し、耳元に囁《ささや》いた。

とりあえず、黙らせねば。

「私と一緒に中央で踊りませんか？」

コンスタンツェはとろけるような瞳で答えた。

「ええ！　もちろん」

頬を桜色に染め、うっとりと見上げてくるコンスタンツェを引っ張って、その場を足速に離れていく。

とにかくハイランダー公はシエーナからなるべく離れたかった。いや、何より彼はシエーナと子爵の様子をそれ以上見たくはなかったのかもしれない。

国立舞踏ホールから王宮への帰り道。

馬車の中でハイランダー公は、窓に映る自分の顔を見ながら沈んでいた。

正体を見破られたどこぞの侯爵令嬢と踊っている間に、シエーナを見失ってしまったのだ。

気がつけばシエーナは帰宅していた。

外した仮面を、向かいの座席の上に放る。

「大失敗だ」

ボヤいた主人に対し、セインは片眉を跳ね上げた。

「目的のマール子爵を見ることができたではありませんか。良い方そうでしたし。お館様も、お友達の侯爵令嬢と楽しげに踊られていたではありませんか」

楽しげに――――？

ハイランダー公は心の中で首を傾げた。

あれは楽しかっただろうか？

思い返せば同じダンスでも、ロンの小さな家でシエーナと踊った時の方が、遥《はる》かに心躍った。

ダンスとは、胸の中まで弾むように踊るものなのだと、初めて感じたくらいに。

従者のセインに問う。

「――もしお前が女なら、私とマール子爵のどちらを選ぶ？」

「うわっ、究極の選択ですねぇ」

「何、どこがだ？」

「妻である自分が必然的に一生影ポジションに追い込まれそうな美形過ぎる男と、平凡過ぎてすぐ賞味期限が来そうな男の二択ですから。女なら悩みますよ、それは」

セインは言葉を飾らない従者だった。

「シエーナには、普通の貴族の女には効く方法が、多分まるで効かない」

高価な贈り物や、贅沢な経験。

甘い囁きや手紙。

王女のように甘やかし、女王のように立て、唯一無二だと錯覚させる特別扱い。

ハイランダー公の周囲にいた女達は、皆そのような手段でコロッと落ちたものだ。

「それなのに、あんな風に横から突然現れたマール子爵に、奪われそうだとは……」

「いやー、多分シエーナ嬢からすれば、お館様の横から突然現れた感も、かなりのものだったんじゃないですかねぇ」

「うっ……。そうだな――私とシエーナにはもっと、自然な出会いが必要だったのかもしれない」

「そうですね。それにしても、お館様がそこまでイジュ伯爵家のご令嬢に拘るのは、遺言状の為ですか？　それとも？」

ハイランダー公は「遺言状に決まっているだろ」と鼻で笑って答えるつもりだった。

それなのに言葉がつかえて、何も出てこない。

あのダサい髪型と薄過ぎる化粧で、少しはにかむ素朴な笑顔が、なぜか答えを詰まらせた。

翌日、シエーナが駅馬車を降り、渓谷までの朝から暗い道のりを歩いていると、ロンとその友人に出くわした。

二人は、長い木の棒の先に袋状の網を取り付けたものを肩に載せ、歩いていた。

「おはよう、ロン」

声をかけるとロンは無邪気に笑った。

「シエーナお姉ちゃん、おはよう！　池に行ってたんだよ。今朝はカッチカチに凍っているよ。カッチカチだよ！　やっと滑れるよ」

「まぁ。ついに池でスケートが出来そうで良かったわね」

氷が溶けかけた川の上で、危険な目に遭ったことは、トラウマには全くなっていないらしい。子どもとは、実にたくましい。

「うん！　夕方に友達と滑るつもりだから、お姉ちゃんもおいでよ！　僕のめっちゃカッコいいところ、見せてあげる！」

何カッコつけてんだよ、と隣を歩く少年がロンをからかう。

時間があったら行くね、と相槌《あいづち》を打ちながら、シエーナはロン達が持つ釣り網のようなものが気になった。

「二人はこれから川に行くの？」

「うん！　ドルー渓谷の川まで、魚をとりにいくんだよ」

ランバルド一帯は、イジュ伯爵家の領地だ。

川の中のものは全て領主に所有権がある。無断で魚を釣れば、通常なら投獄される。厳しいようだが、これが現実だ。実際、毎週誰かが密漁をし裁判が行われていた。

領民は魚一匹たりとも、無断でとってはならない。漁業権は彼らにないのだから。

だがドルー渓谷はイジュ伯爵家の領地ではない。ティーリス王国の国王の領地だ。

国王領はこうした管理が多少甘く、逞《たくま》しい民は抜け目なく隙をついてわざわざ漁に出かけるのだ。

「たくさんとれたら分けてあげる。なんかデ＝レイさんって貧乏そうだし」

「えっ⁉　そうかしら？」

シエーナは咄嗟《とっさ》に考えてしまった。

一応館は陰気でも立派だし、デ＝レイ本人も常に身綺麗《みぎれい》にしている。高価な聖玉も揃《そろ》っている。

金持ちではないだろうが、貧乏にも見えない……。

だがロンは自説に胸を張った。

「だって、デ＝レイさんはいつも同じ服しか着てないでしょ。僕も三着は持ってるのに」

それは多分、デ＝レイが仕事中は制服よろしく羽織っている、あの黒いローブのことだろう。

後でデ＝レイに教えてやろう、とシエーナは笑いを堪えた。

魔術館に出勤すると、珍しく館の中は既に暖かかった。

朝から曇天で外は凍えるほど寒かったので、その暖かさに心底ほっとする。

館中のカーテンが開かれ、暖炉の火は赤々と逞しく燃えている。

雀《すずめ》のイチ号も鳥籠の中を離れ、広間の隅にある止まり木にいた。片方の翼を広げ、その中に顔を突っ込んでくちばしで毛繕いをしている。

どうやら今朝はデ＝レイが早起きをしたのか、開館前の支度は粗方済んでいた。

今日は館の様子がいつもと何か違う、と感じたシエーナだったが、デ＝レイの様子もいつもと違った。

彼の顔を見た途端、シエーナは失礼ながら二度見をした後で、目をむいた。

「――お師匠様、昨夜はどうかされたのですか……？」

「えっ？　……昨夜？」

ぎくりとしながら、デ＝レイが尋ね返す。

「あの、言いにくいのですが、目の下に物凄く濃いクマができていますわ」

デ＝レイのいつもは華やかな目元が、今朝はえらく落ち窪《くぼ》み、青黒いクマが目の下にできていた。

まるで一夜で十歳ほど年を取ったかのよう。

眩し過ぎて目のやり場に困る美貌が、今朝はかなりマイルド化されている。

デ＝レイはローブを羽織り、椅子に座って定位置につくと、溜め息をついた。

「昨夜はよく眠れなかったんだ」

「では、濃いミントティーをお淹《い》れしますわ。スッキリとした爽快感が、きっと目を覚ますのにぴったりかと」

そう言うとシエーナは台所に向かった。

ミントをこれでもかとポットに入れ、湯を沸かしていると、デ＝レイがやってきた。彼は戸棚からフラスコを取り出して、シエーナに話しかけてきた。

「……昨夜の舞踏会は、どうだった？」

「そうですねぇ。久しぶりでしたけれど、意外と楽しめましたわ」

ルルが喜び、帰宅後のその姿を見た義妹のメアリーも喜んでくれた。

それに、ちょっと面白い出会いもあった。

シエーナは湯を勢いよくポットに注ぎながら、昨夜の舞踏会の様子を話した。

「私、国立舞踏ホールには初めて行ったのですけれど、とても賑《にぎ》やかで驚きましたわ。目を疑うほど華やかで。燭台《しょくだい》一つをとっても、盗んでその辺の質屋で売りさばいてくれれば、かなりのお金が貰えそうなくらい、豪華でしたわ」

「本当に伯爵令嬢か？　――まぁ、そもそもあのホールはティーリス中の貴族が集う場所だからな」

するとシエーナは秘密を打ち明けるように、デ＝レイに一歩近づいて言った。

「私、なんちゃって伯爵令嬢の身の上ですけれど、実は王宮の夜会に一度だけ参加したことがあるんです」

「そ、そうなのか……？　それは凄いな」

デ＝レイは咄嗟に驚いたフリをした。

そのたった一度の参加については、実はデ＝レイもよく知っている。

「王宮夜会は頭痛がするほど豪華で驚いたのですけれど、正直引けを取らないほど、昨夜の国立舞踏ホールも贅を凝らした場所でしたわ」

「そんなに凄い場所なのか。……さすが、王国一と名高いホールだな」

デ＝レイがぎこちなく、感心したフリをする。

「それと、楽しい人と知り合えたんです。珍しくカメオに詳しい方で」

デ＝レイは素早く反応した。

それは会話が盛り上がっていたマール子爵のことだろうか。とりあえず話の続きを促す。

「カメオというと……宝石商か何かだったのか？」

「わかりません。名前を教えてくださらなかったのです」

楽しくソファに座って会話をし、体力が回復すると何度かダンスを二人で踊った。

その後で二階のサロンに行き、お喋りをした。しばらくたった頃、彼は急にシエーナの手を離したのだ。

窓の外から、丁度王都の大教会の時計の鐘の音が鳴り響いていた。

彼は窓の外を気にしながら、シエーナに申し訳なさそうな顔を向けた。

「すみません、私はもう帰らなければならないのです」

「あの、お名前は？　私はイジュ伯爵家のシエーナと申します。父はカメオが三度の飯より好きですの。よかったらお友達に……」

すると彼は仮面を外した。

凡庸な顔立ちではあったが、穏やかそうな、優しそうな印象を受けた。

「あなたとお話をするのが楽しくて、つい時の経つのを忘れてしまいました。またどこかでお会いしましょう」

彼はそう言い終えるなり、シエーナが引き止めようとするのも構わず、さっと身を翻して階段を駆け下りていった。そうしてそのまま、時を告げる鐘が鳴り終わる頃にはホールを出て行ってしまったのだ。

「――ですので、お名前を聞きそびれてしまったんです」

「まるでどこかの童話の登場人物みたいだな」

「あまりに急がれていたみたいで、階段の途中で落とし物をされて……」

「さてはガラスの靴か？」

「違いますよ！　なんですの、それ。カメオを落とされたんです」

シエーナはポケットから青いカメオを取り出し、デ＝レイに見せた。

走る馬の姿が彫られたカメオだ。おそらく、袖につけていたボタンの一つだろう。

「もしまたお会いしたら、お返ししなくては」

「また……もう一度仮面舞踏会に行く予定があるのか？」

「いいえ。ありませんわ。ただ、ご縁があればお会いするかもしれないですから」

シエーナが何となくそういうと、デ＝レイは手を伸ばして、カメオを摘んだ。

どうせシエーナの義妹の企みなら、また近いうちにシエーナはマール子爵と会うに違いない。

それならば先手を打って、子爵の出鼻をくじいてやるのも一興かもしれない。

人の恋路を邪魔するものはなんとやら、というが仕方がない。

「持ち主が誰か知りたいのなら、簡単に分かるぞ。私なら魔術で探せる」

「言われてみれば、そうですわね。でも、知られたくないのかもしれませんし、魔術に頼るのはやめておきます」

「そうか……」

魔術などという邪道な手段に頼らず、シエーナは子爵との関係を大切にしたがっているのだろう。

デ＝レイは少なからずショックを受けた。いや、それどころかかなりのショックだった。

シエーナと自分との繋がりでもある魔術を否定され、マール子爵の前に自分の存在が吹き飛ばされたような感覚を覚える。

これほどのショックを受けること自体に、デ＝レイはショックを受けた。

傷つきながらも、シエーナに聞いてみる。

「王宮夜会には、もう行かないのか？」

王宮夜会——その瞬間、シエーナの脳裏にあの夜の庭園での出来事が蘇《よみがえ》った。

慣れない場に耐えきれず、逃げ込んだ庭園に突然現れた公爵。

そして耳に寄せられた唇から発せられた、甘い重低音。声だけで犯罪者認定されそうなほど艶っぽく、正直なところ腰から砕けるかと思った。

「行きませんわ。――王宮夜会では危険そうな男性に絡まれて、怖かったんです」

「絡まれた、とは一体誰に？」

「ここだから言えますけど……。ハイランダー公ですわ」

一瞬デ＝レイの意識が飛びかけた。だが気を強く持ち、問《と》い質《ただ》す。

「ハイランダー公が、……君に絡んだ？」

そんな馬鹿な。

絡んだ覚えはない。落とそうと全力で色気を出しはしたが。

「ええ。ハイランダー公をご存じかしら？　国王の弟の」

「よく知っている」

「とても女性に人気がある方なんですって。いつも義妹のメアリーは、彼を『人の皮を被ったフェロモン』と呼んでいますの」

デ＝レイはこの瞬間、シエーナの義妹に明確な殺意を抱いた。

「ハイランダー公は、それはそれは噂通り、危なそうな方で」

「危ない？　ハイランダー公が？　――いやいや、そんなはずは……」

「――きっと私があまりに場違いだったから、揶揄《からか》われたのですわ」

そう締めくくるシエーナに、デ＝レイは打ちのめされた。

――もしあの夜会の夜を、やり直すことが出来たなら。

ありったけのカメオを身につけ、参加することも厭《いと》わないのに。

これを敗北感と呼ばずして、何と呼ぶのだろう。

その日のデ＝レイは、様子が明らかにおかしかった。

（一体、どうしたの？　お師匠様ったら、よほど眠いのかしら）

シエーナは助手としてフォローとサポートに徹しつつ、困惑した。

デ＝レイはたびたび客の名前を間違え、ビーカーと紅茶のカップを間違え、釣りを渡すのを忘れた。

更には頭痛薬を買いに来た客に、突然水晶球をかざし、意味もなく客の未来を読み始めていた。

――見ちゃいられない。

館の主人の突然のポンコツ化に、朝からずっとハラハラさせられる。

そんな最中、昼前に館の扉を叩いたのはロンだった。

ロンは二つの網がはち切れそうなほどの魚を背負い、得意満面で玄関に立っていた。

「ロン、本当に来てくれたの？　たくさんお魚とれたのねぇ。凄いわ」

ロンが寒さで赤くした頰を緩ませながら、川で釣ってきたばかりの魚を小さい方の網ごと差し出す。網からはまだポタポタと水滴が落ちている。

シエーナの後に続いてデ＝レイが玄関までやって来ると、ロンは彼に向かって満面の笑みで言った。

「これ、デ＝レイさんにあげる！　王様の川の魚だから、遠慮しないで貰って！」

デ＝レイは一瞬固まった。だがロンの得意げな笑みを前に、流石に断れない。隣にいるシエーナも心底嬉しげに微笑み見上げてくるので、なおさらだ。

「お師匠様、良かったですね！　こんなにたくさん」

「あ、ああ。そうだな……」

「お師匠様の今晩の夕飯にできますわね」

デ＝レイも引きつった笑みをなんとか浮かべる。

「ロン、……わざわざありがとう」

そうして国王の川から釣り上げられた、言わば兄の財産の一部を、ぎこちなく受け取る。

ロンは満足そうに笑うと、今度はシエーナに視線を向けた。

「お姉ちゃん、時間があったら後でスケート場の池に来てね。夕方は大人達も滑るから、お祭りみたいに賑やかで、盛り上がるんだよ。楽しいよ！」

「それは良いわね」

「スケート板も借りられるし、焼きりんごも売ってるよ！」

スケートはこの辺りの村の、冬の娯楽の一つなのだ。

思わずシエーナは香ばしく焼けたりんごの味を想像し、ごくりと喉を鳴らしてしまった。

午後も四時を回ると、魔術館に客は一人も来なくなった。どうやらこの辺りの人々は皆、一大娯楽のスケート場に向かってしまったらしい。

何やら溜め息をついて魔術書をひたすら読んでいるデ＝レイを見かね、シエーナは提案した。

「お師匠様、今日は早めに魔術館を閉めましょう。この寒さですし、お客様ももう来ないのでは？」

窓を見ると、外気と室内の温度差のせいか、結露が発生し水滴で外がよく見えない。

シエーナの提案を聞いたデ＝レイはアイスブルーの瞳で宙を見つめたまま、溜め息をつく。

「そうだな。もう閉めるか」

返事を聞いてシエーナは安堵《あんど》した。

この師匠がすべきことは、今すぐベッドに入ることだと思われる。

「お疲れのようですから、今夜は早めにお休み下さいませ」

「決して疲れているわけではないんだ。――ただ……」

ただ、考え事をしすぎて頭の中が疲れている。

頭の中をかき乱しているのは、全部シエーナだ。だがまさかそんなことを本人に言うわけにはいかない。

「君のことを考えすぎて辛いから、どうにかしてくれ」なんて、言えるだろうか。

デ＝レイが悩んでいると、シエーナはにっこりと笑って言った。

「私、帰りに焼きりんご、じゃなくて、スケートを見に行くつもりなんです」

そう言いながらシエーナは広間の隣の作業室に向かい、テーブルの上に出ていた薬品を、棚に片付け始める。

（嫌だわ、私ったら。焼きりんごのついでにロンを見るみたいな言い方になってしまったじゃないの。食い意地がはっていると思われたかしら？　恥ずかしい……）

広間にいるデ＝レイは座ったまま、腕を組んだ。

なぜだか分からないが、スケートとシエーナという組み合わせが、妙に気に食わない。

シエーナがどこかに出かけると聞くと、無性に胸がザワザワとする。誰と会って、何をするのか色々と勝手に想像が膨らんでしまい、彼女が見知らぬ誰かと――もしかすると男性と楽しそうに過ごすのかもしれないと思うと、良い気がしない。

（なんだこれは。私は助手を束縛したがっているのか？　バカな）

自分の感情の暴走に歯止めをかけようと首を振るが、脳裏に蘇るのは国立舞踏ホールでの光景だった。

シエーナはキラキラと輝くように笑い、マール子爵とダンスをしていた。

――ここで黙ってシエーナを見送れば、何かが手遅れになる気がする。

デ＝レイは少し大きめの声で、作業室にいるシエーナに尋ねた。

「そのスケートというのは、この季節に村人がこぞって向かう、渓谷の近くにある池のスケート場のことか？」

「はい。そうです。ロンのせっかくのお誘いですし。焼きりんごもあるらしいですし。――私、運動音痴なものでスケートは全然出来ませんけれど、顔を見せればきっと喜んでくれます」

シエーナが作業室から広間に戻ると、デ＝レイが尋ねた。

「……仮面舞踏会とスケートは、どちらが楽しいと思う？」

その質問に意表を突かれたが、シエーナは目をぐるりと回してから答えた。

「どうかしら。行ってみないと分かりませんわ」

デ＝レイがまるで政治問題でも問うような、真剣な様子で尋ねてきたので、シエーナは困惑した。それにしてもこの師匠は随分と仮面舞踏会のことを話題にしたがるものだ。

もしかしたら、義妹の侍女のルルのように、実は国立舞踏ホールに憧れでも抱いているのかもしれない。いや、まさか。

シエーナがあれこれ考えていると、デ＝レイが彼女の正面まで歩いてきた。そうして彼は力強く言った。

「スケートだ。――きっと仮面舞踏会より、楽しい」

そう断言すると、デ＝レイはシエーナに微笑んだ。いつの間に取ってきたのか、既に肩に外套《がいとう》を掛けている。

「確かめに行こう」

「と仰いますと――？」

「私もスケートに行く」

その微笑みに妙な色気があり、シエーナは軽く衝撃を受けた。

魔術館を閉めると、日が傾いて外は暗くなり始めていた。

同じ場所に向かうのにバラバラに出かけるのも変なので、シエーナはデ＝レイと連れ立って館を出て渓谷を歩く。

ドルー渓谷は木々に遮られ、昼間でも地面に日が当たらない。そのせいで、とにかく寒い。道が所々凍りつき、注意しないと滑ってしまう。二人は足元に気をつけながら、歩いた。

「池までいかなくても、ここでスケートできますわね」

ぼそりと呟くとデ＝レイが苦笑した。

歩いて二十分ほどで池に到着すると、そこは既に村人達であふれていた。

周辺の住民全員が来たかと思うほど賑やかで、熱気で池の氷が溶けてしまいそうだ。

たくさんのランプが置かれ、夕暮れ時にもかかわらず、池周辺はとても明るい。

「ロンの言った通り、盛り上がってますね！」

池の上には子ども達ばかりでなく、大人達もいた。

めいめいが自作のスケート板を靴に装着し、凍りついた池の上を滑っている。

この辺りの村の人々は慣れているのか、お年寄りまでが結構なスピードで、滑らかなスケーティング技術を披露している。

「シエーナお姉ちゃん！」

氷上から元気な声が上がり、目を凝らすとそこにはロンがいた。友人と滑りに来ていたらしい。

シエーナは思わず、隣を歩くデ＝レイと顔を見合わせた。

特にスケートに対するトラウマもなく、元気そうに滑っていて何よりだ。

ロンに手を振りながら、池の端で靴の裏にスケート板を括り付ける。

シエーナが両手でバランスをとりながら立ち上がると、デ＝レイは先に氷の上に乗り、軽く滑り出していた。氷を靴裏の歯が掻く、涼しげな音が続く。

シエーナは氷に乗った瞬間、つるりと足が前に滑り、尻餅をついた。なかなかに強烈な衝撃が尻を襲う。

しかも素早く立ち上がらないと、服が氷で濡れてしまう。尻が濡れてしまうと、おもらしみたいな誤解を招きかねない。

惨状を回避すべく、必死に体重を尻から靴裏のスケート板に移動する。

「大丈夫か？」

デ＝レイが手を差し出してくれた。それに摑《つか》まりながら、身体を起こす。

「お師匠様は、私よりスケートがお上手ですね」

「私もただ前に向かって滑れるだけだ。しかし、この辺りの子ども達は本当に上手いな。……到底敵わないな」

感心したように笑うデ＝レイの視線の先には、優雅に滑る子ども達の姿があった。ジャンプをして二回転したり、華麗なスピンをしたり。

あまりの離れ業に、デ＝レイが「あの子達は魔術でも使って滑っているのか？」と呟く。

シエーナとデ＝レイは並んで滑った。

シエーナが転びそうになるたび、デ＝レイが笑いながら彼女を支える為に、サッと手を差し出す。

その笑顔が眩しくて、シエーナは少しドキドキした。

（魔術館ではあまり笑顔を見せないのに。意外だわ）

陰気な魔術館の怪しい魔術師が、好青年に見えなくもない。

こうして見ると、デ＝レイは魔術師然としている時より、ずっと若々しく見えた。いつもと違う姿に、心乱される。

「シエーナお姉ちゃん、ほら見て！　これできる？」

ロンが氷の音をガリガリと鳴らしながら近くまで滑ってきて、助走をつけてひらりとジャンプをしながらクルクル回転する。着氷と同時にどうだとばかりに、両手を上げている。

「ロン、凄いわ！」

二人で手を叩くと、ロンは至極嬉しそうな照れ笑いを浮かべた。

満足げなロンが滑って行ってしまうと、シエーナは少しの間足元を見つめてから、助走をつけ始めた。訝《いぶか》しそうにデ＝レイが尋ねる。

「何をしているんだ？」

「私も、ちょっと試してみますわ」

あんな風に跳べたら気持ちがいいに違いない。

ジャンプをしようと片足を振り上げ、氷の上に下ろす。そのまま跳び上がるはずが、シエーナの足は全く氷から離れず、そのまま止まってしまった。

「――どうした？」

「全然だめだわ。回転どころか、身体が上がらない！」

「そんなものか？」と言いながら、デ＝レイが声を立てて笑う。

面白そうに見てくるので、シエーナは恥ずかしくてたまらない。

「笑うなら、お師匠様もやってみて下さいな！」

デ＝レイはひょいと眉を上げると、助走をつけた。そしてそのまま円を描いて滑り、急に止まった。

腰に両手を当て、首を傾げる。

「――本当だな。そもそも、こんなにツルツルと滑るのに、どうやってここから跳び上がるのか、全く分からない」

「そうでしょう！」

シエーナは氷の上でジャンプをしてみようと、ロンの滑りを思い出した。ロンは空中に跳び上がる直前、片足のスケート板の爪先を氷上に打ち付けて弾みをつけていた。

もしかしたら、あれがコツなのかもしれない。

そう気づいて、もう一度足をハの字にして、右足の爪先で氷を蹴る。

「――何をしている……？」

不可解そうにデ＝レイが、シエーナを見つめる。

シエーナはこぶしを握って構えたまま、何度も爪先で氷を打っていた。

「ジャンプの練習です」

「左足が一ミリも上がってないぞ」

笑いながらデ＝レイがシエーナの真似をすると、今度はふわりと彼の身体が持ち上がり、半回転した。

すぐに着地したもののズルリと前に靴が滑り、デ＝レイは盛大に尻餅をつきながら、そのまま数メートル先まで滑っていった。

「大丈夫ですか⁉」

デ＝レイを、慌ててシエーナが追う。

ようやく止まったデ＝レイを見下ろし、思わず笑ってしまう。鈴が鳴るように無邪気に笑い声をあげるシエーナを、デ＝レイが少々不貞腐れて見上げる。

「そんなに笑わないでくれ」

「ごめんなさい。だって、いつもカッコよく決めてらっしゃるお師匠様が！　すってんころりと転んで尻餅をつくのが、意外すぎる光景なんですもの」

反論しようとしたデ＝レイだったが、なぜか恥ずかしさや怒りよりも喜びの感情がむくむくと胸の中で大きくなり、口元がニヤけそうになる。

（……カッコよく、決めている――？）

自分はシエーナの中で、カッコよく見えているのだろうか。そう思うと、心が躍って仕方がない。シエーナに言われた台詞を、頭の中で何度も巻き戻して再生しては、その冒頭部分に浮かれてしまう。

容姿を讃《たた》えられることなど、物心ついた時から掃いて捨てるほど経験してきたのに。

黙ってしまった師匠に機嫌を直してもらおうと、シエーナがデ＝レイに手を伸ばす。

助け起こそうと彼の手を握り、下半身に力を込める。ところがその直後、シエーナの両足までもがツルッと滑り、座り込むデ＝レイの上に倒れ込んだ。

「ごめんなさい！」

氷の上に座り込むデ＝レイと、その膝の上に乗るシエーナの目が合う。

二人は目を丸くした直後に、ほとんど同時に吹き出した。

「なんだか私達、情けないわ。子どもに完全に負けちゃってます」

シエーナがデ＝レイの膝の上に乗っていたのは、ほんの数秒のことだった。彼女はすぐに立ち上がり、その接触をただの事故としか思っていないようだった。

だがデ＝レイはあっけなく膝上から消えていったその温もりを、がっかりするほど惜しく感じた。

「練習しないと、まともに滑れませんね」

そう言うと、シエーナは滑走を始めた。

両手でバランスをとりながら、腰をやや屈めて左右の足を交互に動かし、速度を上げていく。

氷の表面は平らではないので、足首に力を入れて、転倒しないよう、細心の注意を払う。

風を切って滑るのが、スリリングで楽しい。

するとすぐにデ＝レイが追いかけてきて、シエーナを追い越してしまう。振り返った彼は、してやったりといった表情だ。

そのままシエーナの前を滑るので、なんだか悔しくなってスピードを上げて食らいつく。

こうして二人は競争するかのように滑った。

「氷の上は寒さを忘れますね！」

楽しそうにニコニコと笑い、ハーフアップにした榛色《はしばみいろ》の髪を靡《なび》かせて滑るシエーナに、デ＝レイは目を細めた。

なんて綺麗な髪だろう。榛色の髪を、今までこんなにも綺麗だと感じたことはない。

榛色がこんなにも美しかったとは、気がつかなかった。

人々に人気がある髪の色は、昔から金色だった。デ＝レイも今まで、同じ意見だった。

だが、間違っていた。

世界で最も美しく、好ましい髪の色は、榛色だ。

濃い蜂蜜のような色に指を絡ませ、触れてみたい……。

その衝動を抑えていた矢先、シエーナが前にいた人を避けようとして池の端に向かってしまい、曲がりきれずに転んだ。

転ぶときはあっという間で、ただ受け身を取るしかない。

氷に両手をつくシエーナに、デ＝レイが急いで手を伸ばし、助け起こす。

両手でデ＝レイの腕にしがみつき、立ち上がるとシエーナは困惑した。

（ええと、これは――どういう状況かしら）

デ＝レイが自分を助け起こしてくれた手を離してくれない。

当の本人、デ＝レイもなぜ自分が離さないのか、よく分からない。

だがおかしなことに、もう少しシエーナを支えたかった。

――腕の中にいるのは、この辺りですら見かけないほど地味な娘だ。

でもなぜだろう、ずっと彼女に触れて、見つめていたくなる。

デ＝レイはシエーナを引き寄せたまま、至近距離から彼女を見下ろした。

そうして自問自答する。

（これは一体なんなんだ？　この感情をなんと呼べばいい？）

ついに手を伸ばし、シエーナの髪に触れてしまう。痺《しび》れるような快感が指先から胸の中にまで伝わる。

この甘酸っぱさたるや――そうだ。まるで十代前半の頃の、覚えたての恋心のようではないか。

こんな感情が自分にも残っていたとは、とデ＝レイは密かに感動した。

思わず呟いてしまう。

「衝撃的だ……」

パチパチと目を瞬いて、シエーナは戸惑いの声を上げた。

「お、お師匠様……？」

この魔術師は、一体何をしているのか。いつも以上に理解し難い。

アイスブルーの双眸《そうぼう》が、どえらくひたむきに自分に向けられ過ぎていて、怖い。

その狂おしいまでの美貌に、シエーナの思考が吹っ飛びそうだ。

するとデ＝レイがシエーナの耳元に囁いた。

「教えてくれ。仮面舞踏会と、スケートのどちらが楽しい？」

この瞬間、シエーナは微かな違和感を覚えた。

これと似た場面に、以前も遭遇したような気がする。

デ＝レイに耳元で甘く囁かれたことなど、ないはずなのに。

そもそも仮面舞踏会とスケートは、随分種類が違うもののように思える。そう言おうと口を開く。

「あの、仮面舞踏……」

言いかけるとデ＝レイの顔が急速に曇り、アイスブルーの瞳が濃紺に陰ったので、これはまずいと瞬時に悟る。シエーナは焦って言い直した。

「じゃなくて、スケートですわ！　もちろん」

一転してデ＝レイの顔が花咲くように輝いた。

言わせた感でいっぱいだが、それでも猛烈に嬉しい。

デ＝レイは岸の方を指差した。

そこには簡素な机と看板が出され、村の女性がショウガ湯を販売していた。

「冷えてきただろう。一杯、どうだ？」

「ええ、良いですわね」

「私が奢《おご》ろう」

いっそのこと、ここにいる全員に屋台の飲み物を奢りたい気分だ。

だがシエーナは遠慮がちにパチパチと目を瞬いた。

「まぁそんな。お気遣いいいただかなくても結構ですわ。あの、こんなことを言うのもアレですけれど、私の父は割と裕福ですの」

どうやらシエーナはデ＝レイの懐事情を案じてくれているらしい。

「――。それは知っているが……」

富豪で有名なイジュ伯爵家の令嬢からすれば、渓谷の魔術師など、貧乏に思えるのかもしれない。

ほんの束の間、デ＝レイは自分の爵位と経済状況について、洗いざらい教えてしまいたい衝動に駆られた。

（いや、くだらない。そんな見栄を、今張ってどうする）

心の中で自分を叱り、首を左右に振る。

一方のシエーナは、岸まで滑りながら頭を悩ませた。

――さっきのは何だったのだろう？

スケートを楽しいと、言ってほしい。先ほどはデ＝レイからそんな思いをひしひしと感じた。

それにあの、甘い囁き声。

無意識に片手で自分の左耳を押さえてしまう。デ＝レイにさっき口元を寄せられた耳を。

あの声が耳の中にまだ残っているようで、思い出すと落ち着かない。

焦りから来る胸の動悸《どうき》が、激しくなる。

まさかとは思うが、この魔術師は自分に好意を抱き始めているのだろうか？

いやいや、まさか。自惚《うぬぼ》れてはいけない。自分は助手としてろくに魔術を扱えないし、一人の女としても冴えなくてパッとしない。ショボくてダサい女だと、ちゃんと自覚している。

何よりシエーナは生涯未婚を貫く予定なので、自分に恋愛を禁じている。だからたとえどんな間違いや奇跡が起きて、自分のようなイモっぽさ全開の女に誰かが好意を寄せてくれたとしても、困ってしまうだけなのだ。

（早く、ル＝ロイドとの契約書をなんとかしなくちゃ……）

ドルー渓谷の魔術館に、あまり長くいたくない。

シエーナはデ＝レイのそばにいることが、徐々に怖くなってきていた。

この読めない魔術師に、自分の感情も少しずつ、揺さぶられている気がしていた。


シエーナは仕事熱心だった。

自前の五つの色素の力を操ることができない身の上では、他の面で活躍するしかない。

だからシエーナは、薬の調合や煮出し方の練習を怠らないようにしていた。

たとえば同じ薬草でも、季節によって味が変わる。大都会にして最先端の王都で、客が絶えることのなかった人気のリド魔術館にいた兄弟子達は、「苦味こそ良薬の証拠」と主張し、やたらに煮詰める傾向があった。

だが時間をかけて煮すぎると、不純物が出てきて味が悪くなるだけなのだ。

かくしてシエーナは仕事がない平日に、自宅の調理場で何度も煮出しを実践してはノートに書き込み、データを記録して仕事に活かしていた。

イジュ伯爵家の跡取り、エドワルドの若妻は何度見てもその光景に慣れなかった。義姉の理解不能な各種行動のうちの、代表的な一つだ。

調理場での実験を終えたシエーナが、サロンで何やら植物の切れ端を片手に、分厚いノートに羽根ペンを走らせている。その様子をさながら珍獣を観察する気分で遠巻きにじっと見つめていたメアリーは、咳払いをしてからようやくシエーナに話しかけた。

「お義姉様、……その雑草はなんですの？」

「これはオオバコと言って、咳止めになるの。需要が高いのに原価が安くて、優秀な薬草なのよ」

メアリーは後半部分を聞き流した。

彼女の脳内辞書には、「原価」という単語が存在しなかった。なぜなら彼女にとって金銭とは、呼吸をしているだけでジャラジャラとどこからともなく湧いて、貯まっていくものなのだ。

メアリーは雑草を煮炊きする義姉の不可解な行動は、一旦その辺に置いておこう、と再度咳払いをして気を取り直した。

「あの、お義姉様。実は報告がありますの」

「あら、何かしら」

羽根ペンを下ろし、ソファから腰を上げる。

するとサロンの中にエドワルドも入ってきた。何やらはにかむような、照れたような不思議な表情をしている。これはどうしたことか。

エドワルドはシエーナに微笑みかけながら、入り口近くに立っているメアリーを抱き寄せ、そのお腹にそっと手を当てた。

「メアリーが、妊娠したんだ」

突然の報告に、シエーナが息を呑《の》む。

驚いて口元に両手を当て、すぐに弟夫婦のもとに駆け寄る。

「——本当に?」

「はい。次の秋には、お義姉様も伯母になりですわ……!」

なんてこと。

なんと幸せなことだろう。

「おめでとう、メアリー!　エドワルド!」

緑色の瞳をキラキラと輝かせながら、メアリーが嬉しそうに言う。

「もう一つ報告がありますの。私の実家でのパーティが三週間後に開かれることが、決まったんです。その時に、私の両親にも報告するつもりですわ」

「きっと、とても喜ばれるわね」

「ええ。お義姉様もいらして下さいね。——わたくしのはとこのマール子爵も、来る予定ですのよ」

マール子爵の名がここで登場するとは思っていなかったシエーナは一瞬戸惑ったが、すぐに笑顔に戻る。こんなにめでたい報告の直後に、顔を引きつらせるわけにはいかない。

それに、親戚を紹介しようというメアリーの好意をむげにするわけにもいかない。

「あ、ありがとう。絶対に参加するわ」

義姉を見つめるメアリーの瞳が、きらりと輝く。

義姉とマール子爵をくっつける計画は、想像以上に順調だ。

その日から、イジュ伯爵邸はお祝いムード一色となった。

胎教に良いと聞きつけたエドワルドが、屋敷に頻繁に室内楽団を招き、メアリーに演奏を聴かせる。メアリーは大袈裟《おおげさ》だと夫をたしなめるが、まんざらでもなさそうだった。

伯爵は大粒のダイヤやエメラルドがついたネックレスや指輪をメアリーに贈り、初孫の誕生を喜んだ。これにはメアリーも、分かりやすく喜んだ。

皆が将来のイジュ伯爵家を担う赤ちゃんの誕生を心待ちにする中、一人シエーナは喜びきれなかった。

(私ったら、なんて冷たい姉なのかしら……)

弟に子どもができたというのに、心から祝うことができない。

イジュ伯爵家の繁栄に、もうじき強制的に終止符が打たれることを、シエーナは恐れていた。

シエーナは悟った。

じっとしてはいられない。イジュ家のために今、動かなければならないのだと。

土曜日に出勤すると、渓谷の魔術館はまたしても様子がおかしかった。まず、玄関に花がいけられていた。

(だ、誰が花をわざわざここに……?)

無論、デ゠レイしかいないだろう。

しかも少しでも可愛く見せようとしたのか、花瓶には赤いリボンが巻き付けられている。あまり手先は器用ではないのか、蝶々《ちょうちょう》結びが縦結びになってしまっていて、なんだか微笑ましい。

シエーナは戸惑いつつも、廊下を進む。

今朝も館の中が、既に暖かい。

もしやデ゠レイは今日も寝不足だろうか、と嫌な予感がする。

だがそれは杞憂《きゆう》というものだった。

広間にいたデ゠レイは、出勤してきたシエーナを見るなり、輝くばかりに麗しい笑顔を見せてくれた。

朝でも薄暗い渓谷を歩いて出勤してきたシエーナは、眩しすぎて目が潰れるかと思った。

今朝の師匠は顔色が良く、クマもない。

むしろ磨かれ切った美貌に、シエーナが身をすくませる。

「おはよう、シエーナ。外は寒かっただろう?」

それに何という愛想の良さだろう。勤務初日の態度が、嘘《うそ》のよう。

「ええ。また雪がちらついていましたわ」

「そこに座っていてくれ。今温かい紅茶を持ってくる」

予期せぬ展開に、シエーナは今度こそ返事を忘れた。

デ＝レイが朝から紅茶を淹れてくれたことは、今までなかった。

外套を脱いだり、テーブルの上を雑巾で拭いていると、デ＝レイが台所から戻ってきた。片手に紅茶のカップを持っている。しかも取っ手に水色とピンク色の蝶の装飾がついていて、カップの縁も金色に塗られた随分高級そうな代物だ。

何度も台所で客に茶を淹れる支度をしてきたが、こんなに可愛らしいティーカップは見たことがなかった。

（まさか、買いたてホヤホヤかしら……）

デ＝レイはまるで喫茶店にいる愛想の良い給仕のように、微笑んだ。

「渓谷まで歩いてきて、疲れただろう」

出勤しただけで、労われている。

「あ、ありがとうございます……」

折角なので温かいうちに、紅茶のカップに口をつける。

カップをソーサーの上に戻すと、見慣れぬ物が目に入った。

広間の隅に、布張りの大きなソファが置かれているのだ。先週まではこんなものは、なかったはず。

しかも緑と白の縞模様《しまもよう》に小花が散らされた、この陰気な館にしては珍しく可愛らしいデザインだ。

「お師匠様。あのソファは新調されたんですか？」

「そうなんだ。考えたんだが、ずっと立っていては君も疲れるだろう？　ぜひ使ってくれ。祖母から受け継いだ時に、館全体はあちこち手を入れたんだが、そろそろ模様替えを考えてもいい頃だと思ってな」

まさか、私のために――？

確認するのが若干恐ろしく、シエーナはそれ以上ソファについては触れないことにした。

しかもソファの上には、いかにも真新しい大きなクッションが二つ、置かれている。四辺に繊細なレースがついていて、なんだか高価そうだ。

（お師匠様が、今日もやっぱりなんだかおかしい……）

シエーナは困惑した。


午前中は風邪薬を所望する客が多く、穏やかに時間が過ぎた。

そんな午後。魔術館がにわかに騒がしくなった。

館の玄関扉が激しく叩かれ、小さな男の子を抱いた男性が駆け込んできたのだ。

ダランと脱力し動かない男の子を一瞥すると、シエーナは広間の収納から二つ折り式の簡易寝台を出した。

デ＝レイが急いでそれを広げる。

「その子をここに寝かせて下さい！　なるべく動かさないで……シエーナ、痛み止め薬を早く！」

横たえると、少年の足はあらぬ方向へと曲がっていた。

顔色は蠟《ろう》のように白い。シエーナは思わずデ＝レイから言い渡された指示を忘れ、硬直しかける。

父親らしき男性が崖から転げ落ちたと嗚咽《おえつ》しながら説明する中、シエーナが痛み止め薬を取ってくると、デ＝レイが男の子の頭をわずかに起こし、小さな瓶入りの液体を小さな口に流し込む。

飲み込んだ少年はじきに泣くのをやめた。

「今、術具を準備してきます。ここでお待ちください」

デ＝レイは広間に親子を残して作業室へと向かった。彼を追ったシエーナは、デ＝レイが聖玉を容器から出していることに驚いた。

広間の客はどう見ても近所の一般市民だ。履き古した靴や服を見る限り、さほど裕福ではなさそうだ。何より、あんな大怪我をしているのに、馬車ではなく父親が抱えてやって来たのだ。

高価な聖玉を使った魔術の対価は、とても支払えそうにない。

王都のリド魔術館でも、聖玉を使うのは客が裕福な時に限られていた。聖玉は非常に高価なのだ。

それに骨折ならば、患部の固定でも治せる。

魔術で治すより時間は遥かにかかるが、費用はぐっと安く済む。客の懐事情を考慮していなそうなデ＝レイの対処に胸騒ぎがする。

困るのは客なのだ。

「……あの、お師匠様。聖玉を使うのですか？」

「そうだ。そこの乾燥ドクダミの葉を取ってくれ」

瓶を開け、デ＝レイに差し出す。素早く指示に従いつつも、シエーナは言いにくそうに再度確認する。

「高度な魔術を使って、だ、大丈夫でしょうか？　し、失礼ながらその——あのお父様は、……あまり持ち合わせがなさそうに見えます」

デ＝レイは閉じられた扉越しに親子のいる広間の方へ視線を一度投げ、その険しい瞳をシエーナに戻す。そのアイスブルーの眼差しは酷く苛立ちを含んでおり、シエーナがたじろぐ。

「外科的な治療では根治不可能だ。……恐らく脊髄を損傷している」

シエーナの顔色がさっと変わる。

固定などでは、どうにもできない怪我なのだと、気づかされる。デ＝レイはそれをあの僅かな時間で見極めていた。

「高度な魔術で治すほかない。でなければあの子は今後一生、寝たきりだ」

こんなこと、聞きたくない。でも助手として聞いておかなければならない。

「お代は……ツケで？」

「悪いが、出会って数分足らずの客を信用するほど、私は人間好きじゃない」

「で、では」

「黙ってくれ。調合に集中したい」

ビーカーにかざしたデ＝レイの手の平から、三色の火花が散る。それを受け、中身の水や葉といった材料が、ビーカーの中で踊り出す。

自分には出来たことがない、持ち前の魔力を用いたその技術にシエーナは嘆息する。

固く握り締めていた拳をそっと開き、手の平に視線を落とす。

その手の平から散るのは世にも珍しい五色の光にもかかわらず、役に立たないのだ。

ビーカーは火から下ろしても三色の煙が立ち昇り、デ＝レイは中身の液体を漉《こ》しながら小さなカップに注ぐ。

急いで広間に戻ったデ＝レイは、調合した薬を少年の上半身と足の患部に振りかけ、呪文を唱えつつ手をかざした。

父親の啜《すす》り泣きと、デ＝レイの歌うような声が重なり合って広間に響く。聖玉によって増幅された元素の力が、少年の体を内部から、あるべき姿に戻していく。

やがて不安に引き攣《つ》る少年の顔が、徐々にほぐれていった。

蒼白《そうはく》だった頰に桃色が戻る。

デ＝レイが少年の曲がった足に手を伸ばし、おかしくなっていた角度を戻すと、その場にいた皆に笑顔が咲いた。

少年がすぐに自分で足を動かしたのだ。

「おお、神よ！　デ＝レイ様！」

父親が滂沱《ぼうだ》の涙を流す一方、簡易寝台に横たわっていた少年も、緊張が解けたのか、急にわっと泣き出した。両手を伸ばして父親に縋《すが》りつく。

父親は少年の額に何度もキスをした。

「よかったわね、頑張ったね」

シエーナも泣きじゃくる少年の背中をさする。

やがて少年はようやく泣き止むと、何事もなかったかのように、ヒラリと簡易寝台から下りた。

「父さん、僕、今すぐにだって走れるよ！」

そう言うなり、本当に簡易寝台から部屋の角まで、タタタッと無邪気に駆け出す。

走り切って振り返った得意げな顔が愛らしくて、デ＝レイとシエーナはフッと笑ってしまう。

父親はデ＝レイに深々と頭を下げた。

「なんと、お礼を申し上げれば良いのやら！」

デ＝レイはさらりと告げた。

「お代は八百バルになります」

シエーナは叫びそうになった。

まさか自分の日給ほどに安い代金を請求するとは思っておらず、目を剝いてデ＝レイを見上げる。

デ＝レイは助手のそんな視線を軽く無視し、父親から千バル紙幣を受け取ると律儀にも釣りを返している。

（たとえ千バル貰ったって、——いいえ、一万バルだって、材料に使った聖玉の原価にも満たないのに……！）

シエーナは困惑しすぎて、息が上がりそうだった。

親子は歩いて、二人並んで帰って行った。

陰気な渓谷の狭い道を、笑顔で何やら会話しながら。

くねくねと上り下りする荒い道には、粉砂糖を散らしたような雪が積もっていた。その砂糖をまぶした菓子に、愛らしい模様でも刻んでいくように、少年の小さな足跡が道すがら点々と残されていく。

なんとも複雑な心境で、シエーナは窓辺で隣に立つデ＝レイを見上げた。

「破格で聖玉を……。しょっちゅうこんなことを？」

「取れるところからはふんだくっている。心配するな」

そう言うとデ＝レイは窓の外から目を離し、椅子に戻った。そのまま手元の記録帳に記録を残していく。軽快にペンを動かしていくデ＝レイの目元は既に涼しく、もう窓の外を見たりはしない。

シエーナはデ＝レイを改めて観察した。

（言い方は時々とてもキツイけれど。あと、態度も割とどうかと思うけれど。多くを語らないけれど、この人は本当はとても善い人なんだわ）

こんな辺鄙《へんぴ》な場所にあるのに、客が途切れない。

ル＝ロイドの時と同じで。

魔術師デ＝レイは万人の味方なのだ。困った人を切り捨てず、弱者にも寄り添う。

「お師匠様は、この館だけでなく、ル＝ロイドの理念も受け継がれているんですね」

デ゠レイはぴくり、とペンを止めた。

紙から離したペン先を見つめ、在りし日の祖母を思い出す。

ル゠ロイドはデ゠レイが小さい頃から、時折お忍びで市井《しせい》の人々のところに連れて行った。

デ゠レイはその時に初めて触れた「貧しい人々」の暮らしに、心底驚いた。

朽ちかけた家屋に暮らす一家の、顔の黒さと暗さ。垢《あか》がこびりついた人々というものを、デ゠レイは初めて見た。

市場で売られるパンの不味さ。それはふすまだらけで、硬い上に砂まで付着していた。

ル゠ロイドはデ゠レイに「ワラを体に掛け、地面に寝てみなさい」と言った。

地面はあまりに固く、デ゠レイがすぐに起き上がるとル゠ロイドは彼に言い聞かせた。

「毎晩、そうして寝ている人々も、多いのよ。今味わった痛みを、忘れてはいけないよ。それが、私達の務めだからね」

城や大きな屋敷の中で話を聞いているだけでは、普通の人々の暮らしを理解することができないから、と。

この魔術館はル゠ロイドにとって「皆のために魔術を使う場所」だった。真にル゠ロイドの力を必要とする者には、いつでも門戸を開いているのだ。

「でもね、必ずお代はもらいなさい。無料にしては、いけません。さもないと、ここがいつか必ず、皆を堕落させてしまうからね」

王太后であったル゠ロイドが開いた、ドルー渓谷の魔術館の揺らがぬ理念。

そしてそれをデ゠レイが忘れてしまわないように、ル゠ロイドは自分の肖像画を魔術館に残していった。デ゠レイの寝室に。

デ゠レイにとって、ル゠ロイドは死後も絵の中から無言で語りかけてくるような気がした。

彼女の肖像画を見るたび、デ゠レイは「今日は人々の役に立てただろうか」と自問自答してしまうのだ。

（まったく、祖母も策士だ）

デ゠レイは珍しく尊敬の眼差しで自分を見てくるシエーナの視線が気恥ずかしく、つい皮肉を口走った。

「そうだな。給金が破格の安さを誇る、金銭に執着しない伯爵家の令嬢からも、ある意味ふんだくっていると言えるかもしれんな」

「まぁ。お師匠様ったら」

呆《あき》れたように両手を腰にやり、ふとシエーナは思った。

（正義ぶりたくないからこそ、憎まれ口を叩いたり、お客様に敢えてあんなに素っ気ない態度をとるのかしら？　きっと素直じゃないんだわ）

シエーナはデ゠レイの人柄について自分なりに分析し、彼自身に興味を持った。

「あの……。お師匠様」

「なんだ？」

「デ゠レイというのは、魔術師名ですよね。お師匠様の本名はなんというのですか？」

デ＝レイ自身について知りたい、と思う気持ちは抑えた方が良いような気がしたが、好奇心が勝った。

記録をつけていたデ＝レイの手が、ピタリと止まる。微かに睫毛が震えた。

「――イジュ家のご令嬢に、名乗れる名ではないな」

いろんな意味で。

「まあ。かえって気になりますわ」

先代の魔術師ル＝ロイドが亡くなり、孫のデ＝レイがここで魔術師として仕事を始めたのは、一年前。それまで何をしていたのだろう。

「こちらにいらっしゃる前は、どこか別の所で魔術師を？」

デ＝レイは手元から目を上げ、頬杖《ほおづえ》をついた。

「いや。本業は別にあるからな。ここはただの息抜きでやっている」

それは初耳だ。シエーナは俄然《がぜん》興味を抱き、デ＝レイの座る椅子に更に近づいた。

「本業はどんなことを？」

公爵をしている、とはとても言えない。

ハイランダー公爵領は質の良い麦が穫れ、豊かだが田舎にある。

「本業の本拠地は田舎にあるんだ。人に任せていて……だから本宅へは滅多に帰らない」

シエーナは驚いた。

この館の他に、彼の家があるとは想像していなかった。思ったより、裕福な人のようだ。

「お師匠様は、ここのとは別にお家《うち》をお持ちなので……？」

「端的に言えばそうなるな」

（――端的？　端的って何⁉）

今までプライベートなことは質問したことがなかったが、もしや本宅では明るく温かな家庭が彼を待っていたりするのだろうか？

頬杖をつくデ゠レイの左手をちらりと見やり、指輪の有無を確認する。

指輪はしていないが……。

完全にプライベートな質問だが、どうしても知りたくてシエーナは斬り込んだ。

「あの、お師匠様。ご結婚は？」

「結婚はしていない。私は独身だ。――したいとは思っているんだが、以前求婚したら逃げられたんだ」

「まあっ。お師匠様の求婚を断るだなんて……そんな罰当たりな方がいらっしゃるなんて！」

「罰当たり……だろうか」

「ええ。その方はきっと、お師匠様のことをちゃんとご存じではないのですわ。この渓谷でどれほど村の人達から慕われているか知れば、絶対に考えが変わるに違いありません！」

「本当に、そう思うか？」

「ええ！　お師匠様の求婚を足蹴にしたその方に、私が会って説得して差し上げたいくらいです」

シエーナは力説した。

「その方は、本宅のある地方にお住まいですの？　それとも、この渓谷のご近所様かしら」

近所どころか、今自分の目の前にいる。だがそんなことを、デ＝レイが言えるはずもない。

デ＝レイはアイスブルーの瞳をゆっくりと上げた。

なぜか不機嫌そうなその目つきに、シエーナがたじろぐ。

「君は、なぜ結婚しない？　イジュ家の一人娘だというのに。引く手数多だろう」

「……結婚はしないと、子どもの頃に決めたんです」

「なぜ？」

シエーナは首を左右に振った。

義母を自分が追い出し、父から妻を奪ったからだなんて、言えない。

「どうせ皆、イジュ家の財産目当てですもの。私自身を好きになってくれる人なんて、あの中にはいないからです」

顔を上げるといつの間にか、デ＝レイが正面に立っていた。

デ＝レイがシエーナの両手を取り、彼女を見下ろす。

「そんなことはない。ちゃんと君自身を見ている男は、絶対にいる」

そのアイスブルーの瞳には妙な真摯さがあり、シエーナは束の間言葉を失った。

「そうだと、良いですけれど……」

握られている両手が、とても熱い。

見つめ合ううち、心臓がどくどくと激しく打ち始める。

怖くなってシエーナは、サッと手を引き抜いた。

「さぁ、次のお客様をお迎えする支度をしましょうか！」

予約客に出すための、紅茶を淹れる作業に取り掛かろうと台所へ向かう。

シエーナは自分の頬が妙に熱くて、しかもその熱がなかなか収まってくれないことに、少し焦った。

第四章　崩れゆくイジュ家の契約

その日、まだ日も昇らぬ時刻に、イジュ伯爵邸に早馬が駆けつけた。

執事は急いでまだ寝ていた屋敷の主人――イジュ伯爵を起こし、伯爵は早馬の伝令による知らせを聞き、廊下を走ると息子を叩《たた》き起こした。

こうしてイジュ家は、早朝から大騒ぎとなった。

まだ薄暗い屋敷に伝えられたのは、ショッキングなニュースだった。

南の島からカメオの材料である貝を運ぶイジュ家の貿易船が、座礁したのだ。

この貿易船は海運業に乗り出そうと、イジュ家が新たに購入した船だった。

運んでいたのは貝だけではない。

新事業として、海運業に乗り出すため、他社から預かった荷物を試験的に破格の運送代で載せていたのだ。

船員達の被害は数人の軽傷で済んだものの、船は沈没し、貨物の大半は商品価値がなくなってしまった。

イジュ家は自分の会社の資産だけでなく、預かった商品の価値も台無しにしたのだ。

昼になると、荷主達は屋敷にまで駆けつけた。

説明を求める彼らが大挙して詰めかけ、応接間で父に詰め寄る光景に、シエーナは震え上がった。

妊娠中のメアリーを動揺させまいと、屋敷の奥に連れて行き、来客の対応に忙しい侍女達に代わって紅茶を淹《い》れて、義妹になんとかいつもと変わりない生活をしてもらえるよう務めた。なるべく普段通りに過ごしてもらうために、シエーナもメアリーの前では暗い顔をしないように気をつける。

だが一人きりになると、恐怖が全身を這《は》い上《あ》がってきた。

(何かが、崩れようとしているんだわ)

そう、イジュ家の繁栄が。

ル＝ロイドとの約束を忘れたことは、一日もない。支払いを忘れるか、もしくは契約を誰かに話した時。魔法は夢のように消えてしまう。

対価をシエーナが払っていないために、魔法によって築かれた楼閣の土台に、ヒビが入り始めたのかもしれない。

これ以上、待てない。

魔術師の助手になり、魔術について勉強してきたのは、イジュ家にかけられた魔術を調べるためだ。

ずっとル＝ロイドの施した魔術の術式を、リドの魔術館の書物をあたって探そうとしてきた。だが術式は分からずじまいで、魔術の進行を止めることができない。

契約の最後の発動——支払いがない場合の家の破滅だけは、防がなければ。

けれど、ル＝ロイドがどうやってイジュ家の未来を変えたのかが、どうしても分からない。その場にいない者の未来を変えることはできないのだ。

本来なら、自分の聖玉《せいぎょく》を今すぐ差し出したっていい。でも、差し出すことになっていたル＝ロイドがもう、この世にいない。

となれば、残された手段は一つだ。

（この方法だけは取りたくなかった。でも、もうこれしかない）

正攻法で魔術が中断できないのなら、物理的かつ強制的に止めるしかない。

すなわち「契約書を破棄」するのだ。

最も簡単かつ単純な方法だが、通常は術者に残りの魔術が跳ね返り打撃を与えるために、この乱暴過ぎる手段は行われないことが殆《ほとん》どだ。

だが、ル＝ロイドは既に他界している。となれば、問題はないはずだ。

むしろ問題は、契約書を捜し出さなければならないことだ。

（悠長にル＝ロイドの魔法を探る時間はないわ。もう、今すぐにでも契約書を見つけて、破るしかない！）

それはシエーナが思いつく最終手段で、なるべくなら取りたくなかったが、幼い頃の過ちは大きすぎて、誰にも迷惑をかけずに自力で解決するには、この方法しか思いつかなかった。

イジュ家の貿易船が沈没してから、一週間後。

箒《ほうき》を片手に魔術館の玄関を掃除していたシエーナは、空から舞い降りる白い雪片に手を伸ばした。

雪は手のひらにのっても、なかなか溶けずにその形を保っている。

どんどん激しくなっていく雪の降り方に、シエーナは密かに安堵《あんど》した。

（今日はきっと、積もってしまって歩いては帰れなくなるわ。もっと降ってくれれば、馬車の運転も危ないかもしれない）

本来なら悲観するところだが、今日は別だ。

大雪で魔術館に缶詰状態になれるなら、ル＝ロイドの契約書を求めて、夜通し館の中を捜し回れる。


夕方になるとシエーナの切なる願いが天に通じたのか、天候は一層悪くなった。

「今日は早退しなさい」とのデ＝レイの指示を受け流し、シエーナはいつもの終業時刻まできっちり働いた。

外套《がいとう》を着込み、鞄《かばん》を持って帰る支度をして、玄関の扉を開けた瞬間。

降りしきる雪が玄関ホールに強風と共に舞い込み、息さえできない。

バン！　と扉を閉めると、デ＝レイは玄関で棒立ちになるシエーナを見下ろして、頭を抱えた。

「だから今日は早く帰るよう、何度も言ったのに」

「こ、こんなに激しい吹雪になるなんて、思っていなかったんです。――これでは、屋敷から馬車を呼んだとしても、車輪が埋まってしまってとても進めません」

悪天候のせいで日没も早く、外は急激に暗くなっていた。吹雪のせいで館の外の全てが、灰色に濁っている。

シエーナは勇気を総動員して、デ＝レイに尋ねた。

「あの、父に帰れないと手紙を書きますので、飛ぶ鳥になる手紙の術で発送していただけませんか？　——その、それだから、あの、こ、こちらに……」

「分かった。仕方がないな。——今夜はここに泊まってくれ」

「よろしいいんですの？」

心から安堵して、シエーナが顔色を明るくさせる。

デ＝レイは首の後ろを掻《か》きながら、小さく溜《た》め息《いき》をついた。

「大した食べ物はないが、二階に風呂と客用の寝室がある。他にも入り用なものがあれば、言ってくれ」

「申し訳ありません。ご迷惑おかけします。明日の朝すぐにでも、雪が止んだら出て行きますから」

ああ、作戦どおりだわ。

心の中でそうつぶやきながら、シエーナは今晩のことを考えて気合を入れて館の中に戻っていった。

今夜が正念場だ。

デ＝レイが寝たら、家宅捜索をする。

ドルー渓谷の魔術館で、夜に台所で誰かが料理をするのはデ゠レイが魔術館を継いでから初めてのことだった。

食糧庫にベーコンやちょっとした野菜があるのを目にしたシエーナが、夕食作りを買って出たのだ。

「お師匠様、座って待っていてください。あと少しですし、簡単なスープを作っているだけですもの」

「いや、それでは流石に申し訳ない。助手の職掌に食事作りは含まれていないぞ。そもそも、君は伯爵令嬢じゃないか」

自分も公爵であることなど忘れて、デ＝レイはシエーナが作ったスープの配膳を率先して行う。

スープの具はベーコンとキャベツ、それに玉ねぎだけだったが、吹雪舞う窓の外を見つめながらつましい灯りの中で食卓に載せると、目にも心にもとても温かで美味しそうだ。

二人で食卓を囲み、パンと一緒にいただく。

パンは少し古くて硬くなっていたが、スープと食べるとちょうどいいくらいだった。

豪華さはまるでないが、今日来た客や常連客のよもやま話をしていると、それ以上望むものなどない楽しい夕餉《ゆうげ》に思える。

デ＝レイは満ち足りた気持ちで食べ進めたが、向かいに座るシエーナの口数がいつもより少ないことが気になった。時おりシエーナは、苦しげな表情を見せた。

いつも彼女が食べる量を考えれば、足りないからかもしれない。

そんな風に思われているとは露知らず、シエーナは葛藤していた。

「もっと食べた方がいい」とパンを勧めるデ＝レイの優しさが、こたえる。

これからコソ泥のようなことをしようとしている自分に優しくされてしまうと、罪悪感に押しつぶされそうだ。

いっそデ＝レイに全て打ち明けて助けを乞いたい。けれど自分の惨めな子ども時代のことを話すのは、どうしても抵抗がある。

それに、どこまで話せばルロイドの言ったように、魔術が解けてしまうのかが分からない。そんな危ない賭けには出られない。

シエーナは緊張でうまく飲み込めない硬いパンを、紅茶でなんとか流し込みながら思った。

（いいえ。違う。一番怖いのは、義母を出ていかせたり、お金持ちになりたい、だなんて浅ましいことを私が望んだりしたことを、お師匠様に知られることだわ……）

そんな醜い自分を、デ＝レイに知られたくない。

呆《あき》れられてしまうし、嫌われてしまうかもしれない。

デ＝レイには相談できない。けれど、契約の最後に書かれた「対価を支払わねば魔術は消える」という条文を、発動させるわけには断じていかない。

シエーナは食事が終わると、鞄の中から紙袋を取り出し、食卓に載せた。

「実は、仕事中に小腹が空いたら間食しようと、お菓子を持ってきていたんです」

紙袋の中はクッキーだった。

一緒に食べて、気を紛らわせたかった。

「私、食事の最後には甘い物を食べないと、終わりという感じがしないんです」

シエーナがクッキーをつまみ上げ、自分の口元に持っていく。

サクッと小気味良い音がして、デ＝レイも食欲をそそられる。

「お師匠様も、どうぞ」

勧められるままクッキーをもらうが、それにしても随分な量だ、とデ＝レイは密かに苦笑した。

彼が知る貴族のやたら細い貴婦人達が見たら、目を剥いてしまうに違いない。

(でも、こっちの方がいい。気取って上品ぶる美の追求者のような彼女達より、この素朴な弟子の方が遥《はる》かに……)

そこまで思考して、はたとデ＝レイは首を傾げた。

遥かに、なんだというのか。自分は何を言おうとしたのか。

「美味しいな。アーモンドがたっぷりで」

つましい食卓で掻き乱されてしまった気持ちを隠すように、デ＝レイはもう一枚に手を伸ばした。

完全に日没を迎え、魔術館の中は静寂に包まれている。

シエーナは客用の寝室の寝台の上で寝ないように座ったまま、夜がふけるのをひたすら待った。

デ＝レイも自分の寝室に入った。廊下から物音が全くしなくなってから、一時間ほどが経つ。

（お師匠様もいい加減、寝たわよね？）

ゆっくりと寝台から降りると、袖と裾をまくる。

風呂上がりにデ＝レイから借りた寝間着がわりのワイシャツとズボンはあまりに大きくて、裾も袖も余ってしまっているのだ。

蝶番《ちょうつがい》の軋《きし》む音を立てないよう、そっとドアを開けると、辺りをうかがいながら廊下を進む。

ランプはなしだ。

デ＝レイを起こしてしまうとまずい。

抜き足差し足、手探りで廊下の奥へ向かう。

ここで働き始めてから、デ＝レイに気づかれないように一階はあらかた調べていた。

デ＝レイは自分がこのドルー渓谷の魔術館の当主となってからの記録帳や契約書は、一階に置いてあるようだったが、先代のル＝ロイドのものは見当たらなかった。

もし置いてあるとすれば、二階に違いない。

ちらりと入浴前に覗《のぞ》いたところ、二階にあるのは居間と書斎と浴室、それに寝室が二つだった。

廊下の突き当たりの書斎が一番怪しい。

どうか、ここにあってほしい。

子どもの頃に自分の名前を拙い字で記し、ル＝ロイドに手渡したあの一枚の紙を心の中に強く思い浮かべて、書斎のノブに手をかける。

中は暗かったのでカーテンを開けると、外の積もった白い雪の光が柔らかく窓辺を満たし、目を凝らせば室内の捜索ができそうだ。

「ごめんなさい。失礼します」と手を合わせて小声で囁《ささや》き、まずは机に向かう。

鍵のかかっている引き出しはない。

一番下の段から順番に開けていく。

文房具に薄い冊子、そして魔術に使うガラスの小瓶の数々。

引き出しの中は色々なものが入っているが、契約書の束らしきものは見当たらない。

机は諦め、壁際に設置された棚に照準を定める。

最初に手を伸ばしたのは布に包まれた塊で、布を開くと古びた紙の束が出てきた。まさかこれかと息を呑《の》んでめくるが、よく見てからがっくりと肩を落とす。

どうやらル＝ロイドが書いたらしき、料理のレシピだった。

棚の真ん中に収められた大きな木箱を床に下ろすと、緊張に包まれながら掛け金を外す。

（ここにこそ、あって。お願い）

木箱の中はベルベットの布張りになっていて、価値のあるものが入っていそうだったが、一見して紙類はなさそうだ。

うなだれながら中身に手をやり、下の方をよく見ようと上に載っているハンカチをつまみ上げる。

（あら？　この紋章、どこかで見たわ）

ハンカチの角に施された刺繡《ししゅう》に、ふと意識がいく。

盾の中に、グリフィンと剣が描かれている。

シエーナは眉根を寄せて、その紋章をどこで見たのかを思い出した。

そうだ。

父が血相を変えてシエーナの部屋に飛び込んできた、あの日。

イジュ伯爵邸に何の前触れもなく、ハイランダー公が突撃してきた時。

父はドアを破る勢いでシエーナの部屋に駆け込んでくると、まくしたてた。

「お、お前に、ファ、ファファァッハイランダー公が求婚したいと言ってててきた」と。混乱しすぎて歯の根があっていなかった。

発言内容を妄想かと訝《いぶか》しむシエーナに説明するために、父は窓の外を指差した。

父の震える指の先を追うと、信じられないことに、イジュ伯爵邸の馬車止めには一台の異様に豪《ごう》奢《しゃ》な馬車が停まっていた。

その車体に取り付けられデカデカと目立つ黄金色の紋章が、このグリフィンと剣の盾だった。シエーナは窓辺で目を剝いた。

この陰気なドルー渓谷の魔術館に、なぜあのハイランダー公爵家の紋章が？

首を傾げながらさらに木箱の中を探ると、華奢《きゃしゃ》な香水瓶が出てきた。よく見ればその首の部分にも、小さくハイランダー公爵家の紋章が刻まれている。

木箱の隅にきらりと光るものを発見し、つまみ上げる。眼前に翳《かざ》して思わず呟《つぶや》く。

「まぁ、なんて綺麗《きれい》なブローチなの。南の海のように透き通っているわ」

アクアマリンだろうか。

優しい水色に、引き込まれる。けれどカメオの材料になる貝が住む南の海から、沈没してしまった我が家の貿易船を連想してしまい、どんよりと胸中が暗くなる。

契約書を捜さないと、伯爵家の状況は今後どんどん悪くなるだろう。きっと、魔術によって繁栄がもたらされる前の、荒廃した屋敷にまで戻る。

もうじき弟に待望の赤ちゃんが生まれるというのに。これ以上の転落は、あってはならない。

棚に木箱を戻すと、作りつけの衣装棚の中も躍起になって捜した。

だが、見つからない。

書斎にはない、ということなのだろうか。

絶望的な気持ちになって、肩を落として書斎を出る。

あと捜していないのは、デ＝レイの寝室だけ。

そういえば、巷《ちまた》では庶民は金庫を寝室に置くことが多いと聞く。部屋数が少なく、そうしているのだとか。もしかすると、デ＝レイもそうしているかもしれない。

廊下を歩きながら、ピタリと足を止める。

（思い切って、忍び込んで捜す……？）

いやいや、無理だ。流石に寝室に忍び込むわけにはいかない。

（でも。きっと、ぐっすり眠っている……。もし、もしも契約書が寝室にあるのなら、今が捜せる最初で最後のチャンスだわ）

逡巡《しゅんじゅん》しつつも、体はゆっくりとデ＝レイの寝室に向かっていく。

手を伸ばせばドアノブに触れる位置までついに辿《たど》り着くと、シエーナは耳をそばだてた。

寝室の中からは、物音一つしない。

この扉の向こうに、契約書があるかもしれないのだ。

この行動にイジュ家の生活がかかっている。生まれてくる赤ん坊を想い、幸せそうにお腹に手を当てるメアリーと、父を責めるために屋敷に詰めかけた荷主達の険しい顔が、脳裏に蘇《よみがえ》る。

（家族のために、行くしかない……！　少しだけ。ほんの少しだけ捜させて）

シエーナは意を決すると、冷たいドアノブに手をかけた。

ドアを開けると、まずは顔だけ中に入れ、さっと中を見回す。

寝室のカーテンはしっかりと閉まっていて、目が慣れるまで何度か瞬きをする。

寝室の壁の一面には本棚があり、真ん中にソファが置かれ、奥にあるのが寝台とサイドテーブルだった。

サイドテーブルの上の壁に飾られた一枚の絵画を目にした時、シエーナの心臓が跳ねた。

飾られているのは肖像画で、見覚えがある人物だった。

（ル＝ロイドだわ。出会ったのは一度きりだし、もう十三年も前のことだけど。間違いない）

黒いローブを纏《まと》ったル＝ロイドが、微笑みを浮かべてこちらを見ている。

契約を都合の良い時点で強制的に終わらせようとする自分を、ル＝ロイドが無言のうちに咎《とが》めている気さえする。

シエーナは焦燥感に駆られながら、その下に置かれたサイドテーブルに照準を定めた。

サイドテーブルには二段の引き出しがついていて、書類をしまっている可能性があるとしたら、それくらいかと思えたのだ。

ドアを静かに閉めると、一歩踏み出す。

床には非常に毛足の長い絨毯《じゅうたん》が敷かれていて、暖かい上に足音を消してくれる。

心臓がバクバクと鳴り、痛いくらいだ。

緊張のあまり、寒いにもかかわらず手のひらに汗が噴き出る。

泥棒のような真似をしている。いや、真似どころか今の自分は、まごうことなき泥棒だ。

寝台のすぐそばにいくと、デ＝レイの顔がはっきりと見えた。目は閉じられていて、長いまつ毛の並ぶ瞼《まぶた》はぴくりとも動かない。胸は規則正しく上下していて、シエーナは彼が熟睡している、と確信した。

慎重に膝を折り、サイドテーブルの前にかがむ。

引き出しの取っ手に手をかけると、手前に引く。引き出しの滑りがあまり良くなくて、かすかに木と木が擦れる音がしてしまい、冷や汗をかく。

ちらりと寝台に視線をやると、まだデ＝レイは寝ていた。ホッと安堵の息をつく。

引き出しの中は手紙やら書類がたくさん入っていた。

もしや、と心を躍らせるが、どの紙も硬くて皺《しわ》がなく、まだ新しいようだ。

紙束の中に、子どものような可愛らしい字で書かれた手紙を見つけ、手が止まる。

おそらく、デ＝レイに治療してもらった子どもからのお礼状だ。

こうして大切にとっておいてあることが微笑ましく、シエーナの口元が時と場を忘れて綻んでしまう。

とてもプライベートなものを盗み見た罪悪感を覚えながら、紙束を引き出しにそっと戻す。

そうして念のため確認しようと寝台の方へ目を向け、シエーナは凍りついた。アイスブルーの瞳が、はっきりと開いていた。

デ＝レイが、自分を見ている。

さっきまで仰臥《ぎょうが》していたはずのデ＝レイは、枕に肘をついて手のひらに頭を乗せ、横向きに寝転んだまままシエーナを見つめていた。

「お、お師匠様……っ」

小さく叫んで、反射的にサイドテーブルから弾かれるように離れ、壁に肩をぶつけてその場にしゃがみ込む。

「君は一体、何をしているんだ？」

どんな言い訳もできない。

シエーナは壁際で座り込んだまま、完全に固まっていた。

全てが終わった気がした。

デ＝レイは音もなく起き上がると、流れるような仕草で寝台から下りて、シエーナの前に立った。彼女を見下ろすアイスブルーの瞳は、初めて魔術館の前で会った時のように、冷え冷えとしている。シエーナの鼓動が、どくどくと速くなっていく。

「始めから、おかしいと思ったよ。伯爵家の一人娘が魔術師になどなりたがるはずはない、と。ましてやこの陰気な渓谷で働きたいなど。一体どんな魂胆や狙いがあって、ここに来た？」

「わ、私……、本当はル＝ロイドに会いに来たんです」

「祖母はもういない。それなのに、君は今ここで何をしている？」

契約の内容を話してはいけない、とル＝ロイドは言った。他人に明かせば、あの魔法はたちどころに消えてしまうと。

唇を引き結び、開こうとしないシエーナに業を煮やし、デ＝レイは手を伸ばして彼女の両手首を摑《つか》んだ。シエーナが息を呑む。

何かを盗んだのかと訝しみ、手首を握って上に持ち上げ、手のひらをこちらに向けさせるが何も持っていない。

シエーナの瞳が揺れ、不安そうにデ＝レイを見上げている。

貸したワイシャツとズボンは大き過ぎて、ひどく滑稽な格好になっている。だがシエーナが髪を結うことなく肩に垂らしているのを見るのは、初めてだった。

デ＝レイは固まるシエーナを、しばし無言で見下ろした。

波打って胸元に流れる榛色《はしばみいろ》の髪に視線が吸い寄せられ、長い髪の美しさに心惹《ひ》かれ、目はゆっくりと毛先までを辿ってしまう。

デ＝レイは掴んだシエーナの手首を、壁に押し付けた。

「さて、どうしようか。そもそもイジュ伯爵は本当に、君がここに来ていることを知らないのか？」

伯爵は、私と君が二人きりだと知っているのか？」

「父には、まだここのことを話していません。私はリド魔術館にいると思っています。それに、ほ、他にもたくさんの女性のお弟子さんが魔術館にいると、父には言ってあるので……」

デ＝レイはゆっくりと目を閉じながら項垂れるように重い息を吐いた。

「君は、たいした嘘《うそ》つきだ」

もっとも、本当のことを伝えてしまえば、娘がここで働くことを伯爵は許さないからだろう。

だがますます分からない。シエーナの目的は、なんなのか。

「イジュ伯爵が、君が私の寝室に忍び込んだと知ったらどうなる？　知らせてみるか？」

血の気が引く思いで、シエーナが首を左右に振る。

「親まで騙《だま》して、ここで何がしたい？　何が目的でこの魔術館に潜入を？」

目を逸らして答えようとしないシエーナを前に、デ＝レイは対応の仕方を変えることにした。無防備過ぎる伯爵家の令嬢に、少々灸《きゅう》を据えたい気持ちに駆られたのだ。

「シエーナ・マリー・セリーヌ・フォイアンヌ・イジュ伯爵令嬢」

フルネームを呼ばれたシエーナが、ピクリと体を震わせる。

（いいぞ、いい。少しはこの状況に怯《おび》えてくれ）

デ＝レイは座り込むシエーナを壁に押しつけ、膝をついて彼女の顔を覗き込んだ。

至近距離に顔を寄せるデ＝レイに困惑し、シエーナが視線を右に左にと彷徨《さまよ》わせる。見慣れたとは言え、眉目秀麗な顔があまりに近くに迫るので、目のやり場に困ってしまう。

「君は異性と一つ屋根の下にいて、挙げ句に今……夜中に寝室に忍び込んでいる。こういうことされても、文句は言えないぞ」

壁に押し付けられた手首が痛く、デ＝レイの鬼気迫る表情が恐ろしい。けれどもすぐ目の前で紡ぎ出される言葉は、全身の力が抜けてしまうほど耳に心地よい。

デ＝レイの顔が見たくなったシエーナが瞼を持ち上げ、アイスブルーの瞳と黒い瞳が見つめあう。

その瞬間、デ＝レイは室内の暗さのせいで何も映していない黒い瞳に、自分自身の中身が吸い込まれたような気がした。まるで二つのブラックホールのように。

「シエーナ」と名を呼びながら、気がつくとデ＝レイは自分の唇をそっと彼女の頬に寄せていた。

シエーナは一瞬体を強張らせただけで、動かない。

口づければ身をよじって逃げるだろう、と予想していたデ＝レイは、受け身のシエーナの反応に微かに驚いた。

無防備なシエーナを少し脅かすだけのつもりだったのだが、あたたかな頬が心地よくて、唇を離せない。

その柔らかな肌に触れると、ジリジリと胸が焦げるように熱くなり、たまらず唇をゆっくりと滑らせ、彼女の頬をなぞるようにして口元に向かっていく。

デ＝レイはシエーナの唇に己の唇が触れる前に、ようやく動きを止めた。これ以上続ければ、本格的なキスをしてしまう。その先は、自分でも止める自信がない。

そのまま唇を離し、やや呆れたように呟く。

「――なんでよけない？」

「よ、よけないといけませんか……？」

「よけるだろ、普通。この状況なら」

数秒の間の後で、シエーナが震える声で答える。

「だ、だって……」

「よけてくれないと、キスをしてしまうじゃないか」

「で、でも。私……、あんまり、嫌じゃないんです……」

シエーナの告白の後半は、消え入りそうなほど小さかった。けれど、彼女は自分でも困惑してしまうほど、デ＝レイの急なキスが心地良かった。

対するデ＝レイは聞き間違えたかと思い、問い返す。

「なんだと？」

ぎこちない間が沈黙を埋める。

二人とも自分達がやっていることが、そして何がしたかったのかを一瞬忘れかけていた。

デ＝レイはつい本音を漏らした。

「――もう一度言ってくれ。最後のほうが、よく聞こえなかった」

「い、嫌です。やっぱり恥ずかしいから、離してください。お、お師匠様がこんなことをなさるなんて。お師匠様失格ですわ」

「いや君、人のこと言えないだろう」

「そ、そうなんですけど」

「――シエーナ。何を隠している？　親にまで言えないことで、一人で悩む必要はない」

たしかにシエーナは一人で全てを抱え、悩んできた。

もはやどうにも自分だけでは処理できないのは、明白だった。

デ＝レイはシエーナの手首から手を滑らせ、その両手を優しく握った。

「教えてくれ、君は一体何に悩んでいる？」

契約の内容を話さなければ、大丈夫だろうか。

甘い言葉で促され、力強く手を握られると、強情さがみるみる萎えていき、弱った心が溢《あふ》れ出して止まらない。

もはやデ＝レイの力と知識を借りるべきなのかもしれない。ここまで来れば、話さなくてももう結果は同じだろう。

シエーナは観念したように口を開いた。

「子どもの頃に、一人でここに来たことがあるんです。その時に私は、ル＝ロイドと契約を交わしたんです」

デ＝レイは目を見開いた。

ランバルドからドルー渓谷まで、シエーナが一人で来た？　伯爵家の少女がここまでやってくる姿が、想像できない。

「祖母と君は、一体どんな契約を？　魔術に何を求めた？」

「うちは今、お金持ちなんです」

「ああ、知っている」

「私は地味だけど」

「ああ、見れば分かる」

「私は家族の未来を変えたんです。そして対価をいつかル＝ロイドに払わなければいけなかったんです。……これ以上は言えません。でも、ル＝ロイドが亡くなった以上、私が書いた魔術の契約書を破らない限り、うちは破滅してしまうんです。だから、ル＝ロイドの遺した契約書を捜したくて」

「そのために私の魔術館に潜入したのか。弟子入りなんてして」

最初はル＝ロイドの魔術書を読んで、彼女と交わした契約による魔術の進行を止めたかった。けれど、魔術館の魔術書を読んでも、ヒントはなかった。

ドルー渓谷の魔術師に憧れてきた、などと勤務初日に言った自分の嘘も、これでバレてしまった。

シエーナは恥ずかしさと申し訳なさでいっぱいになりながら、デ＝レイに詫《わ》びた。

「こんな汚い手段を使って、ごめんなさい。私を信用して弟子にしてくださったのに、申し訳ございません」

いや、そもそも信用はしていなかったな、とデ＝レイが頭の中でボヤく。

シエーナはてっきり非難されるかと思ったが、デ＝レイは彼女の手を握ったままだ。その上、気のせいか硬かった表情はどことなく柔らかくなっている。

「私が祖母から受け継いだ契約書は、どれも目を通してある。何年もかかるような後払いの契約はなかったぞ」

「それはたしかですか？」

「契約の履行が済んでいない魔術契約書は、紙自体から不安定な力を出すから、魔術師には分かるんだ。祖母が遺した契約書のどれにも、それに館のどこからもそれを感じない」

つまり、ル＝ロイドが生前に施した魔術は、全て綺麗に完了しているはずだ。

「契約書を捜し出さないといけない魔術は、もうないということですか？」

シエーナの不安げな質問を受け、デ＝レイは頷《うなず》いた。

いまだ納得しきらない様子の彼女を、別のアプローチから説得してみようと口を開く。

「ところで、君はル＝ロイドにいくら払うはずだったんだ？」

「対価は複数の願い事が全て叶《かな》った後に支払う後払いで、私の聖玉でした」

デ＝レイは途端に表情を曇らせた。

「あり得ない。断言できる。祖母は一般的な魔術師と違って、聖玉を使うことを好まなかった。ましてや、いたいけな子どもから取り上げるなど、絶対にしない」

そんなことを言われても。

シエーナはまごついた。

デ＝レイは床に座り込み、腕を組んで考え込んだ。

（ル＝ロイドは何を企んだんだ？）

今となっては確かめようもないが、ル＝ロイドが遺言書で自分とシエーナの結婚を命じたのは、イジュ伯爵の人柄と財力を頼んでのことではなく、もしやこのことと関係があったのではないか。

イジュ伯爵家ではなく、シエーナ自身を気に入ったからかもしれない。

もしくはその両方かもしれないが。

いずれにせよ、ル＝ロイドが本気でシエーナの聖玉を欲しがっていたとは思えない。

ル＝ロイドは契約書を全て漏れなく保管管理していたし、魔術や契約が中途半端な状態でデ＝レイに引き継がれたものも、なかった。

だとすれば、シエーナが幼い頃に書いた契約書とやらは、どこにいったのか。

「見ていないところはないはずだ」

「私も、小さな隙間に至るまで、丁寧に捜しました。勤務中にもお師匠様がお客様のお相手をされてるスキに、一階は洗いざらい、隅々まで調べたんです！」

「堂々と言うんじゃない」

「すみません……。でも、それでは私とル＝ロイドの契約書はどこに？」

デ＝レイは首を捻った。

「もしかすると既に廃棄されたのか？　ただでさえ、私が継いだ時にこの館は全面改修をしている。祖母は自由にしてくれと言っていたし……」

いや、待てよとデ＝レイは詰まった。

手をつけていない場所が、一ヵ所だけある。

不意にデ＝レイは、サイドテーブルの上の肖像画を見上げた。

ル＝ロイドはこの絵だけは、手を触れるなと言っていた。デ＝レイを見守るのだと。

掛ける場所も移してはいない。

まさかな、と呟きながらデ＝レイは立ち上がってつま先立ちになると、ゆっくりと手を伸ばして肖像画を壁から外した。

肖像画は額縁に嵌《は》め込まれており、絵が描かれたキャンバスは木枠に張られて釘《くぎ》で打ち付けられている。額縁を両手で支え、落とさぬよう慎重に裏返す。

すると補強のために木枠の裏側に十字に組み合わされた木の棒の交差部分に、何かが挟み込まれていた。

折り畳んだ紙のようだ。

少し黄ばんで埃《ほこり》を被っていることから、かなり前からそこにあったのだろう。

「なんだ、これは？」

まさか、と二人は顔を見合わせる。

デ＝レイは眉根を寄せて紙を引っ張り出すと、四つ折りにされた紙を開いた。

あたりに薄《うっす》らと埃が舞う。

紙面を見た直後、デ＝レイとシエーナは言葉を失った。

そこには箇条書きで四つの文章が書かれていた。思わずデ＝レイは読み上げ始めた。

「ええと、なんだ？『魔術師ル＝ロイドは次の四つの願い事を叶える。一つ、お義母様が出ていくこと、二つ、お父様のお仕事がうまくいい」

「よ、読まないで‼」

そこまで聞くと、たまらずシエーナが両手を出して紙を奪った。

一番下に書かれた子どもっぽい字は間違いなくかつてこの館で署名したシエーナの字で、それ以上願いごとを読ませまいとシエーナは折り畳んで両手で握りしめた。

「まさか、それなのか？　君が子どもの頃に書いた契約書とやらは、それか？」

「はい。間違いありません。……なぜこんな所にあったのか、分かりませんけれど」

「君の署名しか、なかったぞ。どういうことだ？」

契約書は双方が署名して初めて効力を持つ。通常は双方の署名が連名で、契約書の下部の左右に入るのだ。

だが、ル＝ロイドの署名はたしかに、ない。

シエーナは記憶を手繰り寄せて答えた。

「私が書き込んだときは、まだル＝ロイドの署名はありませんでした。後で書いたのだと思っていたのですけれど」

契約書に肝心のル＝ロイドの署名がない。これでは契約書として体をなさない。

「シエーナ。もしかしたら、君とル＝ロイドの契約は、それ自体存在しなかったのかもしれない」

「どういう意味です？」

「そもそもその場にいない者の未来を変える魔術はない。契約書も有効ではない。となれば、ル゠ロイドは君の望んだことのために、実際は何もしなかったのかもしれない」

「そんな。まさか」

デ゠レイの考えは、シエーナには理解し難かった。すぐにそんなはずない、と否定したかった。

だが、実際のところそんな可能性は一度も考えたことがなかった。

「つまり、イジュ伯爵家にかけられた魔術は、存在しなかったということですか？」

「わからんが。それは、――君の願いごとは、本当に魔術がなければ叶わなかったものだったか？」

義母は出て行った。――でも、あれは単に本当に義母が父に愛想を尽かしたからだとしたら？

確かに、義母はその後すぐにオペラ歌手と同棲《どうせい》を始めた。

そして、イジュ家は繁栄した。――あれは、父の努力の賜物だった？

弟はステキ女子と結婚した。――それは弟がそれに見合うステキ男子だったから？

父の髪は……よくわからない。

「でも、そんなことってあり得ますか？　だって、それならなぜル゠ロイドは正直に言ってくれなかったのかしら。契約を交わしたような素振りをして」

まさか、人々に寄り添うことで評判だったル゠ロイドに、聖玉を騙し取るつもりがあったとも思えない。

「君も魔術師の水晶占いを、よく知っているだろう。未来を知ってしまうことで、その未来が変わってしまうこともある。君が口外できないよう、敢えて契約の形を取って、伯爵家の努力を怠らせまいとしたのかもしれない」

　未来を言わないことが、かえってその未来を呼ぶことへの一番確実な方法だった？

　デ＝レイは少し考え込んでから、言った。

「あるいは、水晶球の中に祖母は別の未来も見たのかもしれない。今の君からはちょっと想像しにくいが、たとえば裕福になり、甘やかされて調子に乗った令嬢が、賭博にハマって家を破産させる未来なんかを」

「わ、私が……？」

「君の謙虚さも、イジュ家の繁栄に不可欠な要素だった。だからこそ、実際には必要のない後払いの対価を要求したのかもしれない」

「そ、そんなのって……。何も言わずに私の前からいなくなってしまえば、私が困るのは分かっていたはずなのに」

　デ＝レイは考えた。

　一番簡単な方法は、魔術でシエーナの希望を叶えることはできない、と断ることだったはずだ。もしかしたら祖母は小さなシエーナを失望させたくなかったのかもしれないが、敢えて魔術に頼らせた理由が他にあった気がしてならない。

　いや、ひょっとすると。

　デ＝レイは心の中で頭を抱えた。

（後払いを約束させて、シエーナが将来絶対にこの館に戻ってくるように、仕向けたのか？）

ならば恐らくそれは、ル＝ロイドの遺言状と無関係ではない。

ル＝ロイドは自分の死後にデ＝レイとシエーナが必ず出会うようにしたのだ。魔術師と弟子という関係がなければ、二人の運命が交差する可能性が皆無であることを、予想していたのだろう。

シエーナは少し自信がなさそうだったが、小声で言った。

「おっしゃる通りだとすれば、契約は――実際にはなかったんですね」

シエーナはしばらくの間床に座り込み、衝撃を受けたように放心していたが、やがて事態を整理するためにゆっくりと話し出した。

「つまり全部が、魔術の結果ではなくて、イジュ家の私達自身で手に入れた成功だったということ？」

「そうかもしれない。自分達の実力を卑下する必要はない」

デ＝レイの考えに光を当てると、むしろ納得がいく願い事が一つあった。父の髪が多分増えていないのは、努力ではどうにもできない、厳しい現実があったからではないのか。

「あれだけは、父の頭皮の限界だったのね」

シエーナの独り言を、デ＝レイは聞き流した。

シエーナは自分の両手を見た。自分はル＝ロイドと魔術契約を結んでいなかった――？

イジュ家の成功は、まやかしなどではなかったとしたら。

「だとすれば、魔術が解けることをこんなにも長年心配する必要は、ちっともなかったんだわ」

全部私達の実力だった――そう思うと今立っているのは砂のように脆《もろ》く崩れやすい地面ではな

く、硬い地面なんだと実感が湧く。

長年悩んできたことが全て片付き、重荷がなくなって全身が軽くなった思いだ。

周りに立ち込めていた深い霧が、晴れ渡ったような。

デ＝レイは硬い声で告げた。

「君が魔術を勉強しなくてはいけない理由も、消えたな。魔術師になるつもりは、ないんだろう？」

愚問だ、とデ＝レイは思った。

元素の力を操ることができない者が、魔術師になるのは不可能だ。

「君の家族は、君がリド魔術館で働いていることを、快くは思っていないはずだ」

「義妹に関しては、間違いなくそうですけれど」

「ではもう、過去に囚われるのはやめるんだな。君は恐れなくてもいいことを、恐れてきたんだ」

「もう、私は怖がらなくてもいいのでしょうか」

「君は、自分や伯爵家の未来に関して、なんの心配をする必要もない。定まった未来などないんだ。自由に道を選べばいい」

シエーナがドルー渓谷の魔術館に来る理由は、消滅したのだ。なぜ祖母がシエーナの意識をこの魔術館に縛りつけたのかは分からない。だが、その鎖は今、解かれてしまった。

デ＝レイは寂しげに言った。

「君に謝らねばならないのは、私の方だな」

「お師匠様？」

「この魔術館の嘘の契約が、君を長い間苦しめた。祖母の目的は分からないが、君にこんな真似をさせた責任は、間違いなく祖母にある。君に施した魔術は、なかったのに」

(魔術は、なかった――)

デ＝レイの言葉がシエーナの頭の中を旋回し、ゆっくりと染み込んでいく。

シエーナは宙を見つめたまま、何度か瞬きをした。

突然シエーナは悟り、顔をパッと上げた。

「私、もう我慢しなくてもいいのね！」

徐々に晴れやかな笑顔を見せていくシエーナを、デ＝レイは静かに見守る。

「私、これからは世の令嬢達のように、贅沢《ぜいたく》を享受していいのね。こんな地味な服を着なくても良いんだわ！」

「今着ているその服は、私が貸したものだがな」

「私、これからはウジウジ部屋にこもって魔術書ばかり読まずに、パーティでヒャッホイできるのね！」

「ヒャッホイしたいのならばな」

「今度のメアリーの実家のパーティで、出会いを求めても許されるのね！」

「――それは、君の義理の妹仕込みのパーティか……？」

「ああ、これからは……」

今までの生活が地味過ぎて、それ以上思いつかないのか、言葉が出てこないシエーナに代わり、デ＝レイが続ける。

「これからは、このドルー渓谷の魔術館で働く必要もなくなるということだな」

「ええ、そうですね」とシエーナは感情的につぶやいた。

自分は何をやってきたのか。

（今この瞬間、私は自由になったんだわ）

シエーナは心から安心したと同時に、今後のイジュ伯爵家の事業について、より気を引き締めなければならない、と思った。なぜなら繁栄は約束されたものではないからだ。

成功と同じく、失敗もイジュ家の力で、立て直さなければならない。

「そうと分かれば、これからはお父様を手伝わないと」

弱々しかったシエーナの黒い瞳に、みるみる力が湧いてくるのが見てとれる。デ＝レイは彼女が活力を取り戻していく様子を、一抹の寂しさを感じながら見つめた。

シエーナは窓の外を見た。雪はとうに止んでおり、月明かりを白く積もった地面が柔らかく照らしている。

明日の朝すぐにイジュ伯爵邸に帰って、恐怖から纏っていた鎧《よろい》を脱ぎ捨て、どんどん外に出ていこう。メアリーとももっと腹を割って、親しくできるはず。

ちょうどもうすぐメアリーの実家で開かれるパーティに誘われている。

マール子爵との出会いに、前向きな気持ちで挑める気がする。

ふとシエーナは視線を戻し、どこか切なげに座り込んでいるデ＝レイを見た。

書斎を捜索した時に見つけた違和感が、不意に蘇ったのだ。

「あの、――ル＝ロイドとハイランダー公にはどんな関係が？」

デ＝レイの瞳が一瞬揺れた。唐突に出たその名に、驚いてしまう。彼は不自然な話し方にならないよう気をつけながら、質問に質問を返した。

「――ハイランダー公？　なぜその名を？」

「さっき書斎も調べたんです。木箱の中に、ハイランダー公爵家の紋章がついた物がたくさん入っていました」

しまった。

そんなものを置きっぱなしにしていたのか、とデ＝レイは心の中でひとりごちる。

「ハイランダー公にはたしか昔、祖母が多額の寄付をしてもらったことがあるんだ。その時にもらったのかもしれない」

「あの方が寄付を？　初めて知りました」

「あ、ああ。そうだな。今度会う機会でもあれば、礼を言っておいてくれ」

「そうですね。今後は貴族の娘の務めとして、なるべく王宮夜会にも参加しようと思いますから。またハイランダー公と顔を合わせる機会があるかもしれません」

ああ、どうしよう。

来るべき時を想像し、デ＝レイは頭を抱えた。

大雪の降った翌週。

デ＝レイは魔術館に向かったが、その足取りは重かった。

いつものように金曜日に行く気にはなれず、重い腰を上げたのは土曜日の午前中だった。

従者のセインに何度も急かされながら、どうにか馬車に乗り、渓谷の魔術館に向かう。

「この時間ですと、お客さんが今日は臨時閉館かと勘違いして、もうすでに何人か帰っちゃったかもしれませんよ？」

セインが懐中時計を開いて時刻を確認しながら、向かいに座るデ＝レイにボヤいた。だがデ＝レイは馬車の車窓を叩いて流れていく雨を見つめて首を振った。

「この大雨だ。客も来ていないだろう」

「ですが、シエーナ嬢は来ているのでは？」

「まさか。先週見送る時に、今までの給与は渡したし、明日からこの渓谷のことは忘れるよう言っておいたんだ」

それなら、シエーナはもう来ないのだろう。

セインは納得し、両目を擦った。

昨夜はハイランダー公を説得するのに夜更かししたせいで、眠気が泥のように全身に纏わりついている。

大きなあくびをすると、セインはそのまま目を閉じて眠ってしまった。

次にセインが起きた時、そこはもうドルー渓谷の魔術館だった。馬車が止まった振動で目が覚めたらしい。

セインは伸びをしてから、窓の外を見やった。

「あれっ——？　ドアの前に、誰かいますね」

車内で呟くと、背もたれに斜めに寄りかかって寝ていたデ＝レイが、息を吐きながら顔を上げる。

「誰がいるんだ？」

窓の外をよく見ようとガラスに顔を近づけ、直後にデ＝レイは息を呑む。

魔術館の前に立っているのは、榛色の髪の彼女——シエーナだった。

「ばかな！　なぜ！」

デ＝レイは一目散に馬車から飛び降りた。

魔術館の玄関にはひさしがあるが、長時間大雨に降られても濡《ぬ》れずに済むほど大きくはない。

デ＝レイの到着に気がついて振り返ったシエーナの息は白く、寒さのせいか唇は真っ青だった。

スカートは膝の辺りまでびしょ濡れで、傘を持つ手は震えている。

「どうして！　なぜ来たんだ⁉」

シエーナを悪天候の中待たせてしまった焦りと、不甲斐《ふがい》ない自分への怒りでガタガタと震えてしまう手で、どうにか玄関扉の鍵を開ける。

なぜもっと早く家を出なかったのか。セインの言うことをさっさと聞いて、いつも通りに魔術館を開けるべきだったのに。

「あ、あの、やっぱりお手伝いが必要かと思いまして……。私、ここの魔術館に来る人達が、好きなんです」

「とにかく、中に入ろう。すぐに暖炉に火を入れるから、来なさい」

扉を大きく開けると、デ＝レイはシエーナの肩を引き寄せ、中に引き入れた。

「あ～あ。お館様ってば振り回されてるなぁ」

馬車の中からこっそり覗いていたセインは、主人の珍しく慌てふためく様子に苦笑した。

空を見上げれば朝なのに夜のように真っ暗だ。これなら当分大雨は続くだろう。

自然と口元がにやけてしまう。

誰にも邪魔されず、二人の時間が十分あるということだ。

「お館様。頑張ってくださいね」

応援の言葉を漏らしてから、セインは御者に公爵邸に戻るよう伝えた。

魔術館に入るとデ＝レイは暖炉に走った。

右手をかざし、魔術で火を起こす。急ぎすぎてコントロールが効かず、暖炉一杯にボンッと音を立てて炎が広がる。

「イチ号！」とデ＝レイが叫び、止まり木で休んでいたイチ号はすぐに羽ばたいて洗面室へ向かう。あっという間に舞い戻ってきたイチ号は、くちばしにタオルを咥《くわ》えている。重みで飛びづらいのか、イチ号は急降下しながらなんとかシエーナのもとにタオルを運んだ。勢い余って床に落ち、止まり切れずに転がる。

「イチ号、ありがとう」

シエーナはタオルを取ると顔やドレスの上に当てて、水分を拭き始めた。

濡れたブーツを脱ぎ、暖炉の前に椅子を持ってきて、ドレスの裾を火にかざしながら、冷え切った足先を温める。

一旦台所に行ったデ＝レイは、湯を張った金属のタライを抱えて戻ってきた。膝をついてシエーナの足元にタライを置き、彼女を見上げる。

「足を入れるといい。霜焼けになってしまうぞ」

お礼を言う前に、シエーナは苦笑した。

ここに初めて魔術師を訪ねてきた日のことを、思い出してしまった。あの日、シエーナの足の指はパンパンに腫れ上がっていた。

つま先からゆっくりと、湯の中に浸していく。冷えて強ばっていた足と、気持ちまでもが解れていくようだ。

「温かくて気持ちいいです、お師匠様。お手伝いに来たのに、かえってお手を煩わせてしまって、申し訳ありません」

小さく首を左右に振ってから、デ＝レイはシエーナをしばし観察し、小さく首を傾げた。

シエーナは一週間前に会った時と、全く代わり映えしない。地味なヘアスタイルに、薄化粧。古びたダサいドレスを纏っている。

物言いたげに自分を見つめるアイスブルーの瞳に居心地悪さを感じ、シエーナは椅子の上でもじもじと動いた。

「あの、私の服が何か――？」

「いや、君。なんて言うか……。先週は『令嬢ヒャッホイ生活』とやらをすると宣言していなかったか？」

「ええ。ですので、今日は生意気にも腕輪をしてきましたの」

は？　とデ＝レイの目が点になった。

アイスブルーの双眸《そうぼう》が、ひたとシエーナの手首に向けられる。

シエーナの細い手首を飾るのは、少し力を入れれば切れてしまいそうなくらい細い鎖でできた、極めて質素で大人しい腕輪だった。鎖からぶら下がっているのは小さな青いカメオだ。

シエーナのあまりにささやかな贅沢ぶりに、デ＝レイは我慢できずに声を立てて笑ってしまった。

「な、何か変ですか？　やっぱり私が腕輪だなんて、おかしいでしょうか……」

「いや。それでこそ、イジュ家のシエーナだよ。君は、なんて可愛いんだ」

（えっ、可愛い⁉）

びっくりして思わず目を逸らしてしまう。

聞き間違えだろうか。

シエーナは自分が冴《さ》えない女だということを、十分自覚していた。そんな自分を、デ＝レイが可愛いだなんて。

ちらりとデ＝レイに視線を戻すと、彼はシエーナをひたと見つめたまま立ち上がった。

タオルを手に、シエーナの座る椅子の背もたれの後ろに回る。

「髪が濡れている。拭かないと風邪をひいてしまう」

シエーナが言葉を挟む間もなく、デ＝レイはシエーナの結い上げた髪からピンを抜き、彼女の髪を解《ほど》いた。

バサリと肩や背中に髪が落ち、シエーナが焦る。

おろした髪を見せるというのは、二度目であっても大人の貴族の女性としては、やはり羞恥心があった。

デ＝レイの手がシエーナの髪を掬《すく》い取《と》り、タオルで挟んで優しく水分を吸収していく。彼は出来る限り丁寧に、労わるように彼女の髪を扱った。

薄暗い部屋の中で、暖かな暖炉の火に照らされた手の中の髪の色が、重みが、冷たさまでもが愛おしい。いっそ、許されるならば口付けてしまいたいほどに。

客がこのまま来なければいい。この時間が、永遠に続けばいい。

シエーナの髪に酔い痴れ、デ＝レイはつい尋ねてしまった。

「この世で一番美しい髪は、何色だと思う？」

唐突な質問に、シエーナは目を瞬いた。数秒の逡巡の後、答える。

「そうですね。私は、自分の母のような金髪に憧れていました。でも、赤い髪も素敵だと思うんです。情熱的で」

情熱。それは自分に不足しているように思えたから、羨ましく思えるのかもしれない——そんな風に軽く自己分析していると、デ＝レイがきっぱりとした声で言い切った。

「違うな。この世で一番美しい髪は、榛色の髪だ」

それはどういう意味だろう……。

予想外の切り返しに、シエーナは固まった。

黙っているのも変なので、口を開く。

「まぁ、ありがとうございます。榛色の髪を持つものとしては、とても光栄ですわ」

「いや、違うな。榛色だから美しいのではない。君の髪の色だから、美しいんだ」

ますます、何を意図しているのか、わからない。

シエーナは激しく瞬きをした。

(これじゃ、まるで私に愛を囁いているみたいじゃないの。そんなはず、ないと思っていたけど。信じられないけど、やっぱりお師匠様って、私のことをお気に召されてるのかしら……？)

一生独身を貫こうと思っているのに、困る。

(いいえ。待って。私はもう、独身を貫く必要はないんだわ。思うままに生きていいんだと、先週分かったばかりじゃないの)

そう気づくと、急に頭皮がゾワリと興奮した。

デ＝レイが触れている髪の一本一本に、まるで感覚があるかのように、彼の手が熱く感じられて、ドキドキしてたまらない。

額の上にタオルを回し、優しく押しつけて拭いてくる手つきに、血流が押し上げられる。頭に乗せられた大きな手が心地よく、思わず目を閉じてしまう。

世話を焼かれるというのは、なんと心地いいのか。

やがてデ＝レイは髪を拭き終えると、シエーナの背もたれに手を乗せた。

「今度、パーティがあると言っていたな。――もしや、マール子爵に会うのか？」

「どうして、彼のことを？」

「君に子爵なんて、合わない。君には、もっと……」

待て待て、自分は何を言おうとしているのか、とデ＝レイは言葉を濁した。

子爵なんて物足りない。侯爵だって不足がある。君には公爵でないと、相応しくない。そう言いたかったが、勇気がなかった。言ってしまった後の、シエーナの反応が怖かった。

一方でシエーナは、続きをしばらく待ってしまった。

地味なシエーナには、子爵なんてもってのほかだ。男爵だって勿体《もったい》ない。シエーナには爵位などない、平民の男性がお似合いだ。例えば、今君の目の前にいるような。――きっとデ＝レイはそう言いたいのだろう、と思った。

そしてデ＝レイが言い切ってくれるのを聞きたい、とさえ思った。

お前に子爵など、合わない。

それはシエーナをけなしているようで、けれどどんなに甘美な響きだろう。

デ＝レイにこそふさわしいと、言ってほしい……。

だがいくら待っても、デ＝レイはその先を言葉にしなかった。

手の中のタオルを綺麗に畳み、デ＝レイは別の話題を口にした。

「シエーナ、君はまだここで働いてくれる気があるのか？」

「平日は父の事業を少し手伝い始めたんです。でも、土日はここに来たいんです。助手はもう、いりませんか？　あの、お給金はいりません。お騒がせしたお詫びです……」

デ＝レイはなんと答えるべきか、迷った。

伯爵令嬢としてのシエーナにとっての最善を考えてやるならば、これ以上魔術館になど、入り浸るべきではない。

本当は、もっと彼女には伯爵家の長女として、栄光と名誉に溢れた道があったはずなのだ。

デ＝レイには、彼女をこの館に縛り付ける権利はない。

祖母のしたことは、シエーナの人生に大きすぎる負の影響を与えてしまったと思う。

魔術館にシエーナが初めてやってきた時、「貧相な女」だと思った。今は自分の人を見る目を恥じているが、彼女を質素堅実に勤しませたのは、結果的には誰あろうル＝ロイドなのだ。

デ＝レイはドルー渓谷の魔術館を継ぐ者として、そのことに罪悪感を覚えていた。

ここはシエーナと出会ったばかりの頃のように、毅然《きぜん》とクビを告げるべきだ。君は不要だ、と。

どうせ聖玉も満足に操れないのだから、元々助手として失格なのだ、と。

だが、デ＝レイは気がつくと言っていた。

「君の存在は、正直言ってとても助かっているよ」

「本当ですか？　お役に立てて、嬉《うれ》しいです！」

シエーナは弾ける笑顔を浮かべた。

あまりの可愛らしさと嬉しそうに輝く瞳が眩《まぶ》しくて、申し出を断らなければ、というデ＝レイの毅然とした気持ちが、さらに萎えていく。

「だが――忙しくはないか？　ここにまだ通えるのか？」

「平日のお手伝いは、午前中だけですので、大丈夫です。午後は、今まであまりやってこなかったダンスや刺繡のレッスンをしています」

シエーナは自分磨きに力を入れ始めていた。

イジュ伯爵はといえば、海運業からあっさりと手を引く決心をした。

新事業に心残りがないわけではない。だがダメだと思ったらすぐにやめる決断が、経営には重要だった。

「困難に直面して、イジュ家の人間が今まで以上に団結して、心を一つにしている気がして、むしろ気持ちは落ち着いています」

シエーナは貿易船の沈没による負債額の集計を手伝っていた。意外にも当初想定したよりも、イジュ家が被《こうむ》る損害は小さく済みそうだった。ほとんどの貨物が保険に入っていたからだ。

父は領地を売ることも考えていたが、そこまでしてお金を工面する必要はなさそうだった。

家業のために働くシエーナの姿に影響を受けたのか、宝石業に無関心だったメアリーもここ数日、差し入れを持って支店に顔を出すようになっていた。

「父の実力と、経営者としての才能があれば、必ずやり直せます」

デ＝レイはそれを聞いて安心した。

窓の外を見ると、雨が少し弱まっていた。この調子なら、午後には止むだろう。

「服が乾いたら、仕事にとりかかろうか。今日は、コブレンツ爺《じい》さんが来る日だ」

「はい。腰のお薬ですね！」

コブレンツさんが来たら、温かい紅茶を淹れてあげよう。今日は生姜《しょうが》入りがいい。

そう考えると、とてもわくわくしてくる。この生活を手放すなんて、もったいない。


パーティにピッタリの、よく晴れた清々しい日だった。

シエーナは早朝に起き出して、長い時間をかけて身支度をした。

手持ちの中では一番おしゃれな「今っぽい」ドレスを着て、初めて購入したファッション雑誌を参考に、可愛く髪をまとめ上げた。ファッション雑誌を買うと、それだけで自分がオシャレ上級者になった気さえする。

（これなら、メアリーも満足してくれるわ）

鏡に映る自分を見つめ、親指を立てて力強く頷き、自信を持って自室を出ようとした矢先。

義妹のメアリーが部屋に飛び込んできた。

メアリーはドアの前に立つシエーナを見つめ、十秒ほどかけて彼女の頭のてっぺんから足の爪先までを観察した。再び目を合わせると、メアリーは言った。

「お義姉《ねえ》様っ、まるで流行雑誌のファッションをそのまま再現してみました、みたいないでたちになっていますわよ！」

「ええ。完璧でしょう？」

「いいえ。むしろそれがいけないんです。あれは普通の女性がそっくりそのまま真似をしたら、非常に滑稽な仕上がりになるんですのよ」

そんな……、とシエーナはうろたえる。

それじゃ、何のためにあの雑誌は存在するのか。

「わ、私どうしたら……」

「予想通りの展開ですから、ご安心ください。ちゃんと全部準備してありますわ」

パンパン！　とメアリーが軽快に手を叩くと、続いて部屋の外から侍女達が次々に入ってきた。

真新しいドレスや装身具を手にしている。

（ああ、やっぱり。実は私もこの展開を、ちょっと予想していたわ）

こうしてシエーナはメアリーの侍女達の手で、装い新たに飾り立てられていった。

メアリーの実家は王都郊外にあり、近くに大きな街もあることから、賑《にぎ》やかなところだった。

馬車に長時間揺られて、少々疲れ気味の状態で下車したシエーナは、メアリーの実家の歓迎ぶりに驚いた。

流石はメアリーの親族と言ったところか、皆おしゃれに余念がないようで、身内だけのパーティであっても王宮夜会のように着飾っていて、気後れしてしまう。

出迎えてくれたのはメアリーの祖父母と両親、それに兄夫婦と、なぜかそこに見知った男性が一人いた。

国立舞踏ホールで出会った、カメオに詳しい男性だ。

シエーナが展開についていけず、目を瞬いて前庭で立ち尽くしていると、メアリーはここぞとばかりに話し出した。

「お義姉様、どうかなさいまして？　もしかして、私のはとこと既にどこかでお会いしていまして？」

「あなたの、はとこ？」

「ええ。私の祖母の隣にいるのは、私のはとこのマール子爵ですわ」

距離を縮めたマール子爵が、スッと手を伸ばしてシエーナの手を取り、お辞儀をする。うまくお膳立てができたわと、メアリーが内心歓喜する。

「驚いたわ。まさかこんなところで再会できるなんて……」

シエーナがそう言うと、メアリーが目を大きく見開き、芝居がかった仕草で驚愕《きょうがく》を表す。

「んまぁぁぁ！　もしかしてどこかで既にお二人は会っていましたの？　なんて偶然かしら。これは一体、どんな神様の思し召しかしら!!」

メアリーの芝居が少々下手なので、マール子爵の頬が引《ひ》き攣《つ》る。

肝心のシエーナはまるで不自然さには気がつかない様子で、にこやかに義妹に教える。

「実は、ルルを連れて行った国立舞踏ホールで、一緒におしゃべりをしたのよ」

「とても楽しい時間を過ごさせていただきました。またお会いしたいと、心から思っていたのですよ」

「私もです！　まさかあなたがマール子爵だったなんて。今日はよろしくお願いいたします」

笑顔を見交わすと、二人は手を取り合ったまま屋敷の中に入っていく。

屋敷はイジュ伯爵邸よりは小さかったが、非常に洗練されていた。

古臭い花模様のカーテンなどは見当たらず、調度品も華美すぎないモダンなものが多い。掃除も行き届いており、埃を被った家具もない。メアリーの実家は、流行の最先端にいることに、命をかける家風だった。

「さすが、メアリーの実家ね」という感想を数歩進むごとに、頭の中で繰り返してしまう。

屋敷の中の簡単な案内が終わると、いよいよ食堂での昼食会だった。

食堂はテラスに面しており、テラスには幾層にも花々が植えられていて、非常に開放的だった。

室内とはガラス戸で仕切られてはいるが、繋《つな》ぎ目《め》のない一枚の大きなガラス戸なので、一見何も遮るものがないように見えて、まるで花園のそばにいるようだ。

テーブルの上にはすでに冷たい料理や野菜料理が並べられており、とても昼食とは思えないほど豪華だった。

シエーナの席の向かいには、マール子爵が座った。シエーナは席に着くと、持参したバスケットをテーブルの上に置いた。蓋を開けて、中身を取り出す。

「皆様のお口に合うか分かりませんけれど、ケークサレを焼いてきたんです。よかったら召し上がってください」

少し緊張しながら自作の得意料理・ケークサレを披露する。メアリーの祖母は驚いたように目を瞬いた。

「あなたが自分で焼いたの？」

するとマール子爵が割り込んだ。

「まさか！　伯爵家のご令嬢が、調理場になど立つはずがないでしょう。あれは下々の者達の仕事ですよ。ねえ？」

同意を求めてマール子爵が目を合わせてくるので、メアリーが慌てた様子で口を挟む。

「お、お義姉様はたまにお料理をされるの。焼くだけじゃなく、材料を切るところからなさるの」

するとマール子爵は仰天したのか目を剝いた。多分、包丁など持ったこともないのだろう。もしかすると調理場に入ったことすらないのかもしれない。

「ケークサレはそんなに難しくないんです。子どもの頃から作っているので、得意料理なんです」

シエーナはドキドキしながら皆の顔を見回したが、皆口々に礼を言うなり、ケークサレから早々に視線を離した。あまり興味がないらしい。シエーナは肩を落とした。

茶色い直方体のケークサレは、ずらりと並ぶ他の菓子に比べれば、やや貧相に見えた。

(場違いだったかしら。味には自信があるのだけれど)

給仕達によって温かい料理が運ばれてくると、皆メアリーのお腹の赤ちゃんについての話題で盛り上がった。

ひとしきり皆が新しい命への想いを語り尽くすと、今度はイジュ家についての話題が中心になった。

メアリーがマール子爵に目配せをし、彼はこの機会を逃すまじとカメオの話を勇んで始めた。

どれもイジュ伯爵家の令嬢を射止めるために、必死に勉強して得た知識だ。もしかして、人生で一番勉強したかもしれない。

特に最近手に入れたカメオのランプは珍しい逸品なので、自信があった。適度に皆が満腹になった頃、ここぞとばかりにパチンと指を鳴らし、侍女に命じてランプを持って来させる。

シエーナが物珍しそうに目をパチパチと瞬かせて、侍女の持つランプに見入ってくれるものだから、マール子爵は有頂天になった。

えびぞりになるくらい胸を張って、カメオランプの歴史を語りながら、シエーナにお披露目する。

ランプがテーブルの隅に置かれると、マール子爵はどうだとばかりに早速灯りを入れた。

シエーナは初めて見るカメオ製のランプに、目を丸くした。

「一つの大きな巻き貝を丸ごと使って、ランプにしているのね！　こんな商品があるなんて。表面に彫られた模様も、とても緻密だわ」

橙色《だいだいいろ》の貝の地色のおかげで、ランプは夕焼けのような美しく柔らかい光を投げかけた。

素敵だわ、と思わず感嘆の声を漏らす。

次々と繰り出されるマール子爵のカメオ豆知識に、シエーナは純粋に感激した。中には知っていることもあったが、初めて聞く話もあった。

（まるでカメオについて書かれた本を、一冊丸ごと暗記でもしたかのような豊富な知識量だわ！）

感心するほかない。

――でもなぜか、あの国立舞踏ホールで出会った時のような、心躍る楽しさを感じることが出来ない。

（どうしてかしら。好きなカメオの話なのに）

自分の心変わりに、自分で首を傾げてしまう。

マール子爵はペラペラと立板に水のごとく話しながら、菓子類もぱくぱくと摘んだ。ついにシエーナのケークサレにも手を伸ばし、口に放り込んだ。

どんな感想をもらえるだろうか、とちょっぴり期待して待っていると、マール子爵はさっさと次のタルトを手に取り、一口でそれを平らげた。まるでケークサレに気がつかなかったかのように。

これには大いにガッカリした。

ドルー渓谷の魔術館に持っていった時と、なんと違うことだろう。

そう思うと、あの陰気な館の台所と、一緒に食べてくれたデ＝レイがとても恋しく感じる。

デ＝レイは実に美味しそうに食べてくれた。シエーナが見ていないと思って、皿にこぼれた小さな欠片をフォークで集めて食べていたことまで、実は知っている。

（ああ、もう一度お師匠様に焼いてあげたいわ。きっと、たくさん食べてくれるもの）

そんなふうに無意識のうちに魔術館のことを、いやその主人のことを考えている自分に気づき、シエーナは慌てて雑念を振り払おうと、首を左右に振った。

せっかく招待してもらったのだから、義妹の親族との交流を楽しまないと。

昼食会は和やかに終わった。

その後、マール子爵が立ち上がると、口元をナプキンで拭っているシエーナに恭しく手を差し出した。

「この後、庭園を私に案内させてくれますか？　シエーナ」

「ええ、ありがとうございます。喜んで」

そう答えるシエーナだったが、自分でも驚くほど気乗りしなかった。

きっと、外がまだとても寒い季節だからに違いない……。

シエーナが立ち上がってマール子爵の手を取ると、メアリー達はそそくさとその場から姿を消した。高齢の祖母まで、三十歳は若返ったかと思うほどの機敏な足さばきで、食堂を出ていく。去って行く皆の背中をシエーナが驚いて見ていると、マール子爵が彼女の肩に手をかけ、自分に振り向かせた。

「メアリー達のことはいいから……、少し二人きりで過ごしませんか？」

「え、ええ。そうですね」

マール子爵が自分の左の腕を少し持ち上げ、シエーナがそこに手を通すのを待つ。

シエーナがおずおずと腕に掴まると、マール子爵は満足げに微笑み、テラスへと歩き始めた。

テラスから下に伸びる階段を下りると、芝の敷かれた庭園に出た。

マール子爵とシエーナは花壇の花の話や、自分達の子ども時代の話をした。ほんの少しの共通点が見つかるたびに、彼は大仰に「私達は似ていますね」と連呼した。

やがてマール子爵はメアリー激推しのエリアに出た。乾燥したアサガオのツルで組まれた、大きなアーチが設置されているのだ。アーチには冬であることを忘れてしまうほどの花が飾り付けられ、小さなベルまで取り付けられていて、風が吹くたびにリンリンと澄んだ音色が響き、耳にも楽しい。

二人でアーチを、ゆっくりとくぐる。

「どうです？　ロマンチックでしょう」

「ええ。可愛いアーチですわ」

「私の屋敷にも、同じものがあるんですよ。これより一回り大きいんです。どうでしょう、今度見に来ませんか？」

「まあマール邸にご招待くださるの？　……ありがとうございます」

返事をするのが、まるで砂を吐くように苦しい。

するとマール子爵はアーチを飾る花を一輪手に取り、シエーナに微笑んだ。

「君に、この花を」

マール子爵の手が伸び、シエーナの髪に花を挿す。

シエーナは、マール子爵のキザな仕草を、なぜか少し恥ずかしいと感じてしまった。うろたえながらも礼を言うと、マール子爵が咳払《せきばら》いをしてから尋ねる。

「お誘いしてもいいだろうか……。今度の土曜日に、一緒に王立管弦楽団の演奏を聴きにいきませんか？」

「あら、ごめんなさい。毎週土日は魔術館で仕事をしているから、無理なんです」

「メアリーから聞いてはいたけど、本当に魔術館で働いているんですね。――魔術師の助手なんて、貴族の令嬢であるあなたには、ふさわしくないですよ。あれは、高貴な女性の仕事とは言えないでしょう？」

ロンやコブレンツさんの顔が瞼の裏に浮かぶ。

ドルー渓谷の魔術師は、立派な仕事をしている。ふさわしくない、なんて言い方は自分にはおこがましく思えて、シエーナは返事に困った。

「子爵様、あなたは魔術師に何か依頼したことがありませんの？」

「ありますよ。自宅の庭園でミントが異常繁殖してしまった時に。あいつらは、ビックリするほど、悪魔のような繁殖力を持つんです。人力では抜ききれなくて、魔術で根こそぎ処理してもらいましたよ」

朗らかに答えるマール子爵の心境が、シエーナには理解できなかった。魔術の恩恵を受けておきながら、なぜそれを高貴ではないと見下すのか。

マール子爵はシエーナの手を握ると、眦《まなじり》を下げて甘い表情を浮かべた。

「正直に言うと、あなたの控えめな性格をとても好ましく思っています。近いうちに、我が家の晩餐会《ばんさんかい》にもお誘いします。私とあなたは、とても気が合いますし」

「あ、ありがとう……」

(私達、本当に気が合っているかしら……？　なんだか、分からなくなってきたわ)

アーチを出て、花壇に沿って歩き始める。握られた手が、気になって仕方がない。いっそのこと手を振り払いたくなってしまう。

マール子爵と一緒に過ごしているのに、さっきから陰気な館で見るアイスブルーの瞳のことばかりを、考えてしまう。つまり、デ＝レイのことを。

――あの夜。デ＝レイと手が触れ合うどころか、壁に体を押し付けられても、嫌じゃなかった。それにとどまらず、唇を頬に押しつけられても、抵抗する気は全く起きなかった。逆に頭の中が舞い上がって、半ば恍惚《こうこつ》としてしまったほどだ。

(私ったら、はしたないわ。あの夜の私達は、どうかしていたのよ。忘れなくちゃ)

そうは言っても、頬を滑った柔らかな唇の感触は、思い出すたび鮮明になっていく。

マール子爵はシエーナの手を握る手に力を込め、優しく言った。

「魔術については、あなたは本気ではないとメアリーから聞いています。いずれは、魔術の仕事から手を引くつもりなんですよね？」

「ええ、そうですね……」

自分の返事が、ひどく空虚に聞こえる。

ふと思いついて、シエーナは尋ねてみた。

「もしも、世にも珍しい五色の聖玉があったとしたら、子爵様ならどうされるかしら？」

マール子爵は唐突な質問に一瞬虚を衝《つ》かれたが、くすりと笑うと自信満々に答えた。

「もちろん、国王陛下にすぐにでも献上しますよ」

冗談ではなく、本気で言っているのが分かるだけに、余計に恐ろしい。シエーナは愛想笑いを浮かべるのが精一杯だった。

（世の令嬢らしく華やかな食事会や、殿方との交流に挑戦してみようと思ったけれど……。こればかりは、簡単にはいかないわ）

マール子爵の隣を歩くのは、これで最後だろうとシエーナは悟った。

次の土曜日がまたやってきた。

陰鬱な渓谷を歩いているのに、シエーナの足取りはまるで雲の上を散歩でもしているかのように軽い。心の中まで、フワフワと浮いているよう。

もうすぐ魔術館に着くと思うと、口角が上がっていくのを止められない。

（いつからこんなに仕事が好きになったのかしら？　でも、いいことよね）

今日は朝イチで来客予約が入っているため、デ＝レイとシエーナはいそいそと魔術館の掃除をした。

いつもの日常業務だけれど、二人でこの陰鬱な館で仕事をしていると、シエーナには不思議な充足感があった。

館内の掃き掃除があらかた終わり、開館準備が整うと、二人は予約客を迎える支度をした。

魔術館では時折予約を受けることがあったが、それは難しい案件の場合に限っている。

術具の準備に時間がかかる時など、前もって必要なものを揃《そろ》えてから、魔術に挑むためだ。

高度な魔術には、予約が必要になる。

「もうじき予約の客が来る。術具の準備をしておいてくれ」

シエーナは予約帳を捲《めく》った。

今日の予約客は、遠方から来るご婦人のようだった。相談内容は簡単に「三年前に夫が勘当した娘の居場所を知りたい」と記されている。夫は他界しているが、大手紡績会社の社長だったらしく、久々に富豪の客だった。

シエーナの視線が玄関の方へ動く。ドアの横には木製の止まり木が置かれており、そこにいつもデ＝レイのお使い雀《すずめ》がいる。

「イチ号に捜しに行かせるのですか？」

「いや、一羽では心もとないし、もっと目立たないものの方が失敗しにくい。虫に行かせる」

俄《にわ》かにシエーナが焦る。

窓の外は薄ら雪が積もっている。虫を捕ってこいと命じられても見つけて来られる自信がない。

窓辺で動揺するシエーナに気づき、デ＝レイは苦笑した。

「何を勝手に困っている。その為に虫をわざわざ捕まえたりはしない。安心しろ」

シエーナは安堵のあまり、にこりと相好を崩した。その緩んだ表情にデ＝レイはふと見入ってしまった。

可愛い……、いや、女は笑えば皆可愛く見えるものだろう——不意に浮かんだその感想を、振り払うように首を左右に振る。

「今日は冷えるな。遠路お越し頂くから、広間をよく暖めておいてくれ」

「お疲れでしょうから、お茶に菓子と果物も添えますね」

細やかな気配りに、デ＝レイは感心して力強く頷く。やはり自分一人では気が回らない点が多々あるものだ。

「今回は人捜しの術をするから、聖玉を用意しておいてくれ——黄色のを」

「はい！　ただいま」

いそいそと作業室に駆け込むと、シエーナはガラスの密閉容器から黄色の丸い石を取り出した。

陽の雫《しずく》のような澄んだ丸いガラスに見えるが、これもどこかの誰かが恐らく大金と引き換えに渡した魔術の源の成れの果て——聖玉である。

果てしなく完璧な球形のそれを、テーブルの上の鉄皿に置くと両手を合わせてかつての持ち主に感謝の祈りを捧《ささ》げる。

聖玉はとても脆い。

木の麺棒でその一部を軽く押し潰すと、その硬質な見た目に反し、呆気《あっけ》なく崩れる。それは丸いクッキーを砕いた感触に似ている。

崩れた限りなく小さな欠片を大事に指先に取り、そのほかの部分は容器に戻す。

砕かなければ効果を発揮しないし、かつ使用する直前に砕かなければ力が逃げていく。取り扱いには慎重さが要求される。

ゴリゴリ、と麺棒を前後に動かし、聖玉の欠片をどこまでも細かい粉状にしていく。

今日の予約客に使うのは、ほんのひとつまみだ。

作業室に入ってくると、デ＝レイは棚に並ぶ聖玉が収められたガラスの容器を手に取った。

「もう在庫が残り少ないな」

「聖玉は王都の魔術師組合から購入されているんですか？」

聖玉は非常に高価で希少だ。

各地から集められた聖玉は一度「全魔術師組合」のもとへ行く。それから需要ごとに各地の魔術師組合に配分され、魔術師達は通常、属する管轄の組合から手に入れる。

だがデ＝レイは全魔術師組合から、直接買い付けていた。

嘘にならない程度に、デ＝レイは言葉を濁して答えた。

「そうだな。組合から仕入れている」

言ってみてから、微かに罪悪感を覚える。

シエーナにどんどん嘘をついてしまう自分が、嫌になってしまう。

魔術師デ＝レイを訪ねた未亡人は、広間で涙ながらにもう三年も娘と会っていない話をした。

愛しい娘を思ってあまりにも泣いたので、目尻に当てるレースのハンカチは既にずぶ濡れだ。

水分不足になったのか、シエーナが出した茶を口に含むと、一気に飲み下す。

その深みのある茶の色と味に、騒ついていた心が凪《な》いでいく。

デ＝レイは未亡人が持参した娘愛用のヘアブラシから、娘のものと思しき髪の毛を抜き取ると、乾燥したミントの葉の上にのせ、手をかざして呪文を唱え始めた。

その手の平から黄色や赤、青の三色の光がパチパチと弾け、ミントの葉ごと髪の毛が燃えていく。

魔術の火が消えぬ間に、デ＝レイは机上に一枚の紙を敷くと、羽根ペンでスラスラとまるで蛇と蛇が絡み合うような文字を書き入れた。魔術師だけが使う、魔法文字だ。

羽根ペンをペン立てにしまうと、紙をビリビリと小さく破っていき、三色の炎の上に散らす。

するとそこから舞い上がる灰色の煙が不規則に左右へと動き、やがて無数の小さな塊になり、ヒラヒラと円を描くように飛び始めた。無数に飛ぶ塊はやがて形を成し、小さな羽を持つ蛾《が》へと変わっていく。

蛾が苦手なシエーナは、一歩後ろに下がってしまう。

目を丸くして仰け反る未亡人に、デ＝レイは説明した。

「この蛾達に、お嬢様を捜しに行かせます」

パチン、とデ＝レイが指を鳴らすと彼の後ろの窓が動いた。木製の窓枠が軋んだ音を立てながら急に開き、真冬の冷たい風が一気に吹き込む。未亡人は微かに身体を強張らせ、手と手を擦り合わせた。

テーブルの上で舞っていた蛾達は、それが合図かのように一目散に窓に向かい、外へと飛び出していく。空に散っていくその姿を、しばらく目で追ってしまう。

デ＝レイが再び指を鳴らすと、窓はぴしゃりと閉まった。

「明日にはお嬢様の居場所が特定できるでしょう。またお越しください」

「分かりました。ああ、本当にありがとうございます！　これで三年ぶりにあの子に会えると思うと……！　夫も亡くなった今、あの子には屋敷に帰って来てほしいのです」

未亡人は張り裂けそうな胸を押さえて、デ＝レイに深々と頭を下げて館を後にした。

馬車が去るのを見送ったシエーナは広間に戻ると、デ＝レイに言った。

「凄く喜んでらっしゃいましたね。お茶の味までお褒めに預かりました」

「明日、良い知らせが出来るかは分からんぞ」

シエーナは黙り込んだ。ややあってから、デ＝レイが肩をすくめる。

「蛾達がたどり着くのが、墓じゃなければ良いが」

シエーナは生唾を飲み込んだ。嫌な光景を想像してしまった。

「……あのうち何匹がお嬢様に辿り着けますかね？」

「途中で半分は鳥に食べられるだろうな。以前、蝶《ちょう》で同じことをやったら子ども達に追い回されて、えらい道草を食ったんだ。蝶では二度とやらないと心に決めている」

デ＝レイの話を聞いて、硬くなっていたシエーナが薄く笑った。

いつもは生真面目でなんとなく暗い印象を受ける黒い瞳が、愛らしく揺れる。

デ＝レイははたとその瞳を覗き込んだ。

急に真顔で見つめられて、シエーナの顔から笑みが消える。

なんだか、言葉なくこうして見つめ合う時間がここのところ妙に増えていた。

言いたいことはお互い、喉元まで出かかっていた。だがまるで我慢比べのように、どちらが先に折れるかを待っているような状況になっていた。


翌日の昼過ぎ。

ドルー渓谷の魔術館には、赤ん坊の元気な泣き声が響きわたっていた。

「赤ん坊のお客さんが来てるの？」

突然ふらりと魔術館にやってきたロンが、玄関で不思議そうにシエーナを見上げる。

「あの泣き声はね、行方不明者の捜索で捜し出した女の人の赤ちゃんなのよ」

「へー。凄いね。デ＝レイさんはなんでも捜せちゃえるんだね」

今朝開館前にデ＝レイが蛾を追いかけ、蛾がランバルドの街のアパートの窓に集っているのを発見したのだ。

その部屋を訪ねてみると、若夫婦が赤ん坊と三人で暮らしていた。母親が捜していること、そして再び屋敷に迎え入れたいと思っていることを伝えると、こうして渓谷の魔術館まで来てくれたのだ。

そこまで話したシエーナは、ロンの右手に目が釘付けになった。彼は二本の真っ赤なりんご飴《あめ》を持っていたのだ。

ロンはシエーナの視線に気がつき、りんご飴を差し出した。

「家で作ったんだ。あげようと思って持ってきたんだよ、デ＝レイさんと食べてね！」

「ありがとう。ツヤツヤしてて、美味しそう」

いかにも子どもの手作りらしく、真っ赤なりんごが纏う飴は随分分厚く、所々ムラがあった。だがガラスの装飾品のようにきらきら光り、綺麗だ。

りんご飴を食べるデ＝レイの姿を想像してみるが、なかなか難しい。どうなるだろうかと笑ってしまう。

手作りの土産を持ってきてくれたロンが帰った後にやって来たのが、昨日の客の未亡人だった。

玄関からシエーナに案内され、未亡人は緊張のあまりふらつく足取りで館の廊下を通ると、ついに広間で娘と三年ぶりに再会した。

赤ん坊を真ん中に、親子が目に涙を溜めて抱き合う。

デ＝レイは無言で席を立った。そのまま彼は静かに、広間を後にする。シエーナもそれに続いた。

廊下に出て扉を閉めると、中から聞こえる嗚咽《おえつ》と会話に耳を傾けてしまう。

「亡くなったご主人と違って、奥様のほうは勘当したくなかったんでしょうね」

「そうかもしれないな。いずれにしても、小さなアパートだが幸せそうだったぞ。健康で毎日笑っているのが、何よりだと思うがな」

やがて中からは穏やかな笑い声が聞こえた。あやされているのか、合間に赤ん坊がキャッキャッと愛らしく笑う声も混じる。

「これからはみんなで暮らすのかもしれませんね。どう思われます？」

「どうかな。魔術師はその途中に、少し手助けをするだけだ。あまり一人一人に深入りしないようにしている」

魔術に頼る客は、みなそれぞれ事情を抱えている。後先を考えず依頼をこなすのも問題だが、情をかけすぎてもやっていけないのだろう。

バランスをうまく取って仕事をするのは、意外と難しいのかもしれない。

「それにしても、自分が選んだ人と結婚できるなんて、幸せなことですね。……大半の貴族は、自由恋愛とはいきませんから」

「そうかもしれないが、身内が選んだ相手を好きになることもあるぞ」

デ＝レイの口ぶりが随分と感情のこもったものだったので、シエーナは意外に思って彼を見上げた。

デ＝レイは腕を組んでじっとドアに彫られた葡萄《ぶどう》の模様を見つめていたので、それ以上何も尋ねられなかった。

三世代の親子が身を寄せ合って魔術館を出ていくと、シエーナは早速りんご飴をデ＝レイに見せた。

デ＝レイはりんごに刺さる木の棒を手に持ち、胡乱《うろん》な目つきで観察したあと、テーブルの上のコップの縁にりんごの側面を幾度かぶつけた。カンカン、と高い音が響く。

「物凄く硬そうだぞ。どうやって食べるんだ？　かじれば歯が欠けそうだが、舐《な》めれば飴部分がなくなるより先に舌が擦り減りそうだ」

「……お師匠様、もしやりんご飴を食べたことがないのですか？」

「ああ、ない」

途端にシエーナはおかしくなって笑い出した。

強力な魔術を自在に操るデ＝レイでも、知らないことがあるのだ。

シエーナはほんの少し優越感を抱いて、上から目線で教えた。

「その通りです。このまま丸ごとなんとかしようとすれば、一日がかりになります。りんご飴は、包丁で切って食べるんですよ」

「それは知らなかったな。感激したよ。覚えておこう」

「棒読みで言わないでくださいな！　本当に美味しいんですから。今切ってきますね！」

正直に言えば、早く食べさせたい、というより自分が早く食べたい思いで、シエーナは台所に走った。

棒を上にしてまな板にのせたりんご飴のてっぺんに、包丁の刃を当てる。

押し引きしても、なかなか刃がたたない。

「ロンったら。これは流石に、ちょっと飴をつけすぎね」

慎重に力を込めると刃が飴に食い込み、パキッと気持ちの良い音がすると、あとは滑らかに包丁が下まで通る。

まな板に転がる砕けた小さな飴の破片を摘み、口に入れる。

「おいしぃ……！」

この甘さとりんご果汁のジューシーさ、そして酸味が合わさり、極上のオヤツとなるのだ。

手早く櫛形《くしがた》に切って皿に載せると、客がまだ来ていないのを確認してから、デ＝レイのいる広間に運ぶ。

「いかがです？　美味しそうでしょう？」

デ＝レイは皿の上に目をとめるなり、小さく頷いた。

「なるほど。これならいけそうだな」

二人でソファに腰掛け、りんごに齧《かじ》りつく。

サクッという美味しそうな音を立てた直後、シエーナは心から「おいしい」と唸《うな》った。

カリカリと砕ける飴と、シャリシャリとしたりんごの異なる食感がまた味わい深い。

三つ目を取ろうと手を出した時、二人は同じりんごに手を伸ばしていた。

素早く目を上げたデ＝レイが、シエーナを笑いを含んだ目で捉える。

「なんでこれを選んだか分かるぞ。一番大きいからだな？」

「それはお互い様ですわ」

お互いに食い意地が張っていることがおかしくなり、くすくすと笑ってしまう。

大きいほうをデ＝レイに譲ると、シエーナは他のを摘み上げ、食べ進める。

酸味と甘みのハーモニーが美味しくて、手が止まらない。

二人はあっという間におおかたを胃の中に収めてしまい、ついに最後の一切れになった。ほぼ同時にそれに手を伸ばすと、顔を上げて再び笑ってしまう。

「これは切ってくれた君に譲るべきだな」

「あら、ありがとうございます」

素直に礼を言うと、シエーナは最後の一切れを平らげた。

幸せそうに食べるその顔を頬を緩めて見つめていたデ＝レイだったが、一転して真面目な顔つきになると、一旦視線を皿の上に落としてから、再びシエーナをまっすぐに見つめて口を開いた。

「親戚の家のパーティは、どうだった？」

なぜそれを聞くのか、と狼狽《うろた》えたシエーナだったが、アイスブルーの瞳は真剣だ。

ごくりと唾を飲み込むと、シエーナは正直に答えた。

「私、ああいう場は不慣れで。なんだか思ったよりも、お話が弾みませんでした。あまり上手くいかなかったかもしれません」

「肝心の、マール子爵はどうだった？」

「率直に言いますと、マール子爵は――思ったほど魅力的じゃなかったんです」

「そうなのか？」

口を開いてからデ゠レイはしまった、と思った。声に嬉しそうな感情が乗ってしまった。上がりかけた口角を、慌てて戻す。顔まで嬉しそうになってはいけない。

「素敵な人だったんですけど。穏やかで、優しくて」

「でも好みじゃなかった?」

「思ったほど、ときめかなかったんです」

「君は……たとえばどんな男ならときめくんだ?」

「私は……」

それ以上は言えなかった。自分を見下ろすデ゠レイの瞳があまりに熱心で、少し怖くなったシエーナは俯《うつむ》いてしまう。

一方のデ゠レイはシエーナの気持ちをもっと探りたくて仕方がない。

それにたとえシエーナが気に入らなくても、マール子爵はそうは思わなかったかもしれない。マール子爵がまだシエーナを狙っているとしたら、問題だ。

デ゠レイは念の為尋ねた。

「──マール子爵から、次のお誘いはあったのか……?」

意外なことを聞かれ、シエーナがパッと顔を上げる。

「あっ、ええ。一応マール子爵のお屋敷へのお誘いは受けたんですけれど。きっと社交辞令ですわ」

気がつくとデ゠レイの顔は随分と近い距離にあった。

デ゠レイが身を乗り出して、シエーナを見下ろしている。

隣に座り、皿一枚の間隔で見つめ合うのはあまりに近すぎる気がしたが、シエーナは目を逸らせなかった。

「シエーナ。誘われたとしても、子爵邸には行くべきじゃない」

「そうですね。そもそも私のような伯爵家の出来損ないを、マール子爵が好きになってくれるはずがありませんし」

「子爵は君に、不釣り合いだ」

「ええ……そう思いますわ」

（なぜこんなにもマール子爵とのことを気にかけて下さるの？　お師匠様は、誰なら私に釣り合うというの？）

言ってほしい。この無言のもどかしさに、耐えられない。

デ＝レイはシエーナをひたと見つめたまま、囁いた。

「君は、自分にはどんな男がふさわしいかを、もう分かっているはずだ」

皿を持つシエーナの手が、震える。

するとその手が急に温かくなった。デ＝レイが手をシエーナの手に重ねたのだ。つつみこむように。

シエーナは長年、生涯結婚をするつもりのない自分が、誰かに恋をすることを禁じてきた。だがデ＝レイの手の温もりに、恋に臆病で硬くなっていた心が溶けていくようだった。

溶け出した思いは、もう止められない。

押しとどめていた気持ちは勢いよくシエーナの胸中に溢れ、行き場所を求めて喉元まで迫り上がってくる。

伝えたい。

言葉にしてしまいたい。

気持ちを口にしない方が、もはや辛かった。

シエーナは皿を強く握ると、デ＝レイの瞳を見つめたまま、意を決して言った。

「私は……、たとえば陰気な渓谷の魔術師となら、釣り合いますか？」

意外な問いかけに、デ＝レイは一瞬その瞳を見開いた。これほど心震える質問が、あるだろうか。

震える声で問いかけ、不安そうな瞳でひたと見つめてくるシエーナを、デ＝レイは皿ごと抱きしめてやりたい衝動に駆られた。

君ほど素敵な女性はいない、君は私のそばにずっといるべきだ、ほかの男になど会いに行くなと、甘い言葉を吐き尽くしてしまいたい。

以前の自分なら、女性はそう落としていただろう。

だが、シエーナに強引な気持ちを押しつけたくはない。

それに押し過ぎるとシエーナは、怖気付いて逃げてしまうかもしれない。

大切な存在ならばゆっくりと丁寧に、着実に進めていかなければ。

今更ながらそんなことに気がつき、デ＝レイに苦々しい思いが込み上げる。

（本当に人を愛すると、こんなにも苦労するものなのだな。以前の私は、一体なんだったんだ）

今すぐ手に入れてしまいたい。けれど、急に迫って逃げられてしまうことが、恐ろしい。

デ＝レイは皿を掴んで二人の間からどかし、もう片方の腕をシエーナの腰に回して彼女の体を引き寄せた。シエーナはギョッとして目を剝いたが、抵抗はしなかった。それどころか頬がほんのりと薄紅色に染まる。

上目遣いに見上げてくるシエーナの、期待を孕《はら》んだ表情に促されるように、デ＝レイは更に踏み込む。

「君はこんな得体のしれない魔術師が、自分に釣り合うと？」

「お師匠様は、立派な方です。私、あなたを尊敬しています」

「尊敬？　君は勤めていた王都の魔術館の、リド魔術師にも同じことを？」

だとすれば、会ったこともない王都の魔術師に、仄暗《ほのぐら》い嫉妬心を覚えてしまう。

だがシエーナは、首を左右に振った。

「違います。これは、全く別の感情です」

「どう違うんだ？」

「魔術師として勿論《もちろん》尊敬しています。けれど、それ以上に、ひ、一人の男性として……。もしも、一緒にいるのがお師匠様だったらどんなに素敵かしらと、気づいてしまったんです」

思わぬ発言に、デ＝レイが目を大きく見開く。

シエーナは緊張で心臓がバクバクと鳴るのを感じながら、勇気を出して続きを切り出した。

「マール子爵と二人でいた間も、私……、とても失礼だとは思ったんですけれど、――お師匠様のことばかり考えていました」

「本当に？」と確かめるように尋ねるデ＝レイの声は、限りなく甘い。その甘さに引き出されるように、シエーナはするすると言ってしまう。

「わ、私は……お師匠様でないと……、もうどんな男性も、霞《かす》んでしまうんです」

可愛らしい告白をした桃色の唇に、キスを浴びせてしまいたい。デ＝レイは沸き起こる衝動をなんとか我慢した。

「私がこのローブを脱いで魔術師でなくなっても、同じことを言ってくれるか？」

「お師匠様が魔術師だから、惹かれているのではありません」

デ＝レイはいよいよ核心的な質問をすることにした。

ここのところずっと、シエーナに聞いてみたかったことを。

「シエーナ。君は私という人間が、好きだと言えるか？」

「ええ。言えます」

「私がこう見えて華やかなものが嫌いで、読書が趣味でも？」

「むしろどちらかと言えば、そのように見えますけれど」

「たとえ私の本宅や生家が、君の想像している規模とは違っていても？」

もしかすると、デ＝レイの実家はこの館よりも小さいのかもしれない。

でも、それでももちろん、シエーナは構わない。

「そんな心配はご無用です。私はお師匠様がお師匠様だから、お側にいたいと思っているんです」

「私が……、君に今キスをしたくてたまらないと言ったら？」

途端にシエーナの頬が真っ赤に染まる。耳まで赤くさせながら、シエーナは震える小さな声でなんとか返答した。

「嬉しい、です」

「君に、キスをしたい」

顔ばかりか頭の中まで沸騰したかのように熱くなっていく中、シエーナは怯えつつも顔を上げて首を伸ばし、デ＝レイとの距離をさらに縮めた。

その顎先にデ＝レイが指先をかけ、二人の距離が限りなくゼロに近づいていく。

柔らかな唇と唇が触れ合った時、シエーナの頭の中は喜びと興奮で真っ白に弾けた。

デ＝レイは手にしていた皿のことをすっかり忘れ、皿が指から滑り落ちて床に落ちる。

デ＝レイは長いこと優しく唇を押しつけた後で、一旦唇を離した。

だがあまりに物足りなくて、今度はシエーナの頭を両手で引き寄せ、逃げられなくしてから再び唇を味わう。角度を変えてその柔らかさを味わっていると、急にシエーナがびくりと震えて体を離した。

どうしたのかと目を見開くと、シエーナの頭上にイチ号が止まっている。

「イチ号？　な、何？」

首を引っこめて、シエーナがイチ号を見上げる。

「チュン、ピチュン！」と鳴きながらイチ号はシエーナの頭の上で足を上げたり下げたりした。怒ったように、体の羽毛を膨らませている。

「なんてタイミングの悪い使い魔だ。イチ号、やめなさい」

イチ号が反抗的に首を反らす。

シエーナは頭上に手をやり、あっという間にデ＝レイの腕の中から離れた。

「か、髪がぐちゃぐちゃになっちゃうわ。イチ号ったら、焼き餅をやいてしまったの？」

「イチ号、止まり木に戻りなさい」

デ＝レイが命じるが、イチ号はなかなかどかない。たまりかねたシエーナがソファから立ち上がると、やっとイチ号は彼女の頭から離れ、止まり木に飛んでいった。

「びっくりした……」

乱れた髪を整えながら、二人の目が合う。

アイスブルーに見つめられるなり、シエーナはさっきまでの自分達の行為が急に恥ずかしくなった。

（私ったら、はじめてのキスをお師匠様としてしまった……。しかも仕事中に！）

床に落ちた皿に気がつくと、慌ててそれを拾う。

りんご飴を美味しく食べていただけなのに。するすると想いを伝えてしまった。

頭に回されたデ＝レイの手の力と、押しつけられた唇の熱さを思い出すと、もう恥ずかしくて居ても立ってても居られない。

「あ、あの。お皿を洗って参ります！」

逃げるように台所に駆け出していった。

第五章　お師匠様、あなたの名前は……

シエーナが自分の気持ちをデ＝レイに告げてから、数日後の夜。

「困ったわ。どうしよう」

「じっくり考えよう、シエーナ」

イジュ伯爵邸の居間で、シエーナと父は悩んでいた。

革張りのソファの隅に腰掛け、頭を抱える。

手の中にあるのは、二通の招待状だ。

一通はメアリーが持ってきたものだ。

雪の結晶のエンボス加工がされ、差出人名は濃くはっきりとしたインクで、情熱的に記されていた。

「既にあなたの虜のマール子爵より」と。

マール子爵はメアリーの実家のパーティから一週間も経たないうちに、シエーナを子爵邸での晩《ばん》餐《さん》会《かい》に誘ってきたのだ。

もう一通は父が持ってきたもので、王宮夜会の招待状だった。

こちらは飾りけのないクリーム色の封筒の端に、ただ王家の紋章が小さく金で箔《はく》押《お》しされている。

問題は、この二つの日取りが見事に重なっていることだ。

「お父様、どちらを断ったらいいの？　それとも体調不良でどちらも断っていいかしら？」

「今回も、国王陛下から直々に声をかけられたんだよ。お前をぜひ連れてくるようにと。――ハイランダー公がお前にもう一度、会いたがっているんだそうだ」

「どうして、またあの人が」

実際のところ、伯爵はあれからハイランダー公と何度か王宮で顔を合わせる機会があった。だが、なぜかハイランダー公の方が伯爵を避けるようなそぶりをすることが、多かった。

だからハイランダー公はシエーナにもう興味がないのだろう、と思っていたのだが。再びの青天の霹靂《へきれき》だ。

「きちんとお会いして、お断りする必要があるかもしれないね。それよりも、お前はマール子爵とはどうなんだい？」

シエーナは視線を落とした。

父はこれまで、異性とまるで交流のない娘を心配してきたのだ。マール子爵との交流に、父なりに期待を抱いているのは、たしかだった。

けれど、その期待に応えることはできそうにない。シエーナの心の中にマール子爵はもう、いなかった。

シエーナは何度か深呼吸をして、勇気を出すと口を開いた。

「お父様、私好きな人がいるの」

思い切った発言とは対照的に、沈んだ表情を見せるシエーナに、伯爵は慎重に尋ねた。

「そうか。教えてくれてありがとう。それは、マール子爵とは別の男性なのかい？」

「ええ、別の人よ」

「――どんな男性なんだい？」

貴族のパーティに出かけない娘に、出会いの場がそうあるとは思えない。

伯爵は胸騒ぎがした。

シエーナは伯爵の嫌な予感を敏感に嗅ぎ取り、忙しなく瞬きをした。

「そのかたは、貴族ではないの。で、でも、」

「もしや、リド魔術館の同僚かい？」

一瞬シエーナはきょとんとしてしまった。もはやリド魔術館には、長いこと行っていなかったので。

（そ、そうよね。お父様は、私がまだリド魔術館で働いていると思っているのだし）

伯爵は一瞬シエーナが答えに詰まったのを、図星による肯定とみなした。

「最近、魔術館に行くのにいつもお前が嬉《うれ》しそうにしているからね。なんとなく、察してしまったよ」

「お父様は、もし……、もしも、私が平民と交際をしたいと言ったら、私を勘当する？」

「勘当をしたりはしない。できることなら、お前が選んだ人なら、大丈夫だと言いたいところではあるけれど……」

シエーナはパッと顔を輝かせた。

「それなら、」

だが伯爵は深いため息をついた。

「とはいえ、貴賤《きせん》結婚は一族に歓迎されない。とりわけお前は我が家の一人娘だしね」

シエーナの笑顔が、すぐにしぼんでいく。

「でも、でも。あの人は……生活に困ったりしないくらい、それなりに裕福な人なの。何より、とても才能があって、情の深い人なの」

伯爵はやや困ったように眦《まなじり》を下げ、優しく微笑んだ。人見知りのシエーナが、男性のことをこんな風に主張する日が来ようとは、思ってもいなかった。

自分が知らないところで、いつだって子ども達は心豊かに成長し、勝手に恋を覚えるのだ。

(心強くて、頼もしいような。……いや、やっぱり親としては、寂しくもあるな)

「それなら、こうしよう。一度、その同僚を私に紹介してくれるかい？」

「分かったわ。そうする」

デ＝レイをイジュ家に招いたら、来てくれるだろうか。

メアリーはきっと、デ＝レイを嫌がるだろう。お腹に赤ちゃんがいて、大事な時期であることを考えると、彼女にはまだ話さない方が賢明かもしれない。

リド魔術館で働いていないことを知れば、父は怒るはずだ。けれどもデ＝レイが見習いなどではなく、立派な館持ちの魔術師だと知れば、父は二人の交際にそれほど反対せず、上手くいけば認めてくれるかもしれない。

シエーナはそう考えると、決心した。

「私、マール子爵のお誘いは断って、王宮夜会に行くわ。もしまたハイランダー公に絡まれたら、きっぱりと伝えるわ。好きな人がいるので、誰との縁談も考えていない、と」

かつてイジュ伯爵邸を電撃訪問したハイランダー公の、その発光体のごとく煌《きら》びやかな姿を思い出し、伯爵は「そうだね、それがいいね」と言った。

伯爵としても、ハイランダー公が自分の義理の息子になる未来は思い浮かばない。あの美貌と美声で「お義父《とう》様」などと呼びかけられたら……、と想像してみるだけで、狼狽《ろうばい》のあまり飛び上がってしまいそうだ。

何より、彼の火遊びの相手に娘を選ばれて、嬉しいはずもない。

シエーナは真っ直ぐに父を見て、言った。

「私、今度こそ逃げも隠れもしないわ」

伯爵は、ふと娘の姿に目を細める。

シエーナがここのところ、急にたくましく、強くなったように見えるのは気のせいだろうか。

陰気なドルー渓谷にある魔術館には、最近以前より柔らかで明るい雰囲気が漂っている。

研ぎ澄まされた美貌際立つ無表情な館の主人、デ＝レイがここのところ、いつになく朗らかなのだ。

声色すら優しく、以前のような近寄りがたい空気がかなり薄れている。

デ＝レイの機嫌は特に弟子のシエーナが同じ部屋にいる時に、顕著に良かった。

いつものように、シエーナが腰の薬を包装していると、コブレンツさんは思い切って尋ねてみた。

「お前さん達、もう結婚したんか？」

「こ、コブレンツさんったら。私達は師匠と弟子ですってば」

首元まで真っ赤になるシエーナをしばし見つめてから、コブレンツさんは首を傾げた。

「はて。ワシの勘違いじゃったか」

魔術館の近くに住む人々の間では、最近のデ＝レイの密かな変貌ぶりが井戸端会議で話題になっていた。

魔術館に行った夫人は、樽《たる》に水を汲《く》みながら言った。

「デ＝レイさんったら、仕事中もチラチラとシエーナを目で追っていたわよ。あれは、間違いなく惚《ほ》れてるね！」

ロンの母親が、洗濯物に水をかけながら、言う。

「だから私は最初からそう言ってたのに。デ＝レイさんは、うちでシエーナちゃんと踊っていた時に既に、愛しそ～に見つめていたんだから」

コブレンツさんは魔術館の噂《うわさ》を思い出しながら、生温い目で二人を見た。

デ＝レイもシエーナも、客に気を遣っているのか、今日は視線を交わしていない。だが、二人の間に漂う丸く穏やかな空気感が、老いた目にもはっきり見える気がする。

「コブレンツさん、今日は貼り薬も入れてあるので、帰ったら試してみて下さいね」

シエーナがそう言いながら、薬の入った袋を手渡す。コブレンツさんはウンウンと頷《うなず》いた。

「ありがたい。本当に、お前さんがここに嫁に来てくれて、良かったわい」

ああ、なんだかやっぱり色々分かってない。

シエーナは苦笑した。

コブレンツさんが館から出ていき、玄関扉が閉まるなりデ＝レイはシエーナを後ろから抱きしめた。

「お師匠様！」

「嫁、か。実に良い響きだな」

「コブレンツさんったら、何度訂正してもいつも勘違いをされちゃうんです」

不満そうにそう言ったシエーナだったが、頬はほんのり紅潮していて、満更でもなさそうだ。その様子がまた、デ＝レイには愛らしくてたまらない。

「本当に、ただの勘違いなのかな？」

甘く囁《ささや》き、そのまま首を曲げてシエーナの頬にキスをしようとする。

「仕事中ですわよ！　お師匠様。申し上げにくいのですけれど……、はっきり申し上げるとお師匠様は、最近少々たるんでらっしゃいます！」

危うく唇にまで降ってきそうなキスを、どうにかよける。

「シエーナ。君があんまり可愛いから」

「それは目の錯覚です。お客様に、最近ドルー渓谷の魔術館の風紀が乱れていると思われたら、大問題です。仕事中は恋愛禁止ですわ」

デ＝レイを押し退け、玄関ホールで腕組みして毅然《きぜん》と仁王立ちするシエーナの姿に、しばし唖然《あぜん》とする。

陰気な緑と紫色のストライプ柄の壁紙を前に、デ＝レイに怯《おび》えて震えていたかつての姿を思い出す。

(君は、随分と強くなったんだな、シエーナ。凛《りん》として、輝いて見えるようだ)

相変わらず地味な古臭いドレスを着ているのに、体から燐光《りんこう》すら放っているように見える。内面の美しさは、隠しようもないのだ、とデ＝レイはしみじみと思った。

国王の弟である特権を存分に利用し、次の王宮夜会にはシエーナを誘ったが、できることなら他の夜会には出ないでいてほしい。彼女と出会った男達が、その魅力に気づいてしまったら困る。

デ＝レイはとろけるような微笑と声で、シエーナに尋ねる。

「シエーナ、それなら昼の休憩中は、キスしてもいいか？」

「お師匠様……」

脳髄にまで響く色気のあるバリトンでキスをせがまれ、シエーナは危うく首を縦に振りかける。

（ダメダメ！　引きずられるところだったわ。しっかりして、シエーナ）

甘い囁きを振り払うかのように首を勢いよく左右に振ると、シエーナはキッパリと言い放つ。

「いけません！　秩序が乱れますもの」

「怒っている君も、なんて可愛いんだろう……」

「なっ……！　で、ですから、それは間違いなく目の錯覚です！」

デ＝レイが首を傾けて、シエーナに尋ねる。

「唇は求めない。額に軽いキスでもだめか？」

デ＝レイの仕草と問いにやたらに色気があり、シエーナは冷静でいようと、懸命に足掻《あが》いた。

「どこにしようが、キスはキスです。違いがありません。お師匠様は、閉館まで真面目にお仕事をなさるべきです」

デ＝レイは落胆して少し肩を下げた。

「そうか。分かった」

師匠が素直に分かってくれたことに安堵《あんど》し、シエーナが大きく頷く。

だがそこへ、デ＝レイがバリトンの低い声で呟《つぶや》いた。

「――閉館まで、だな」

ぎくり、とシエーナは目を瞬いた。

デ＝レイの澄んだアイスブルーの瞳が、ひたとシエーナに注がれている。その目の奥に、してやったりと言いたげな危うい色が潜んでいる。

「お、お師匠様、あの……」

シエーナは墓穴を掘ったことに、遅まきながら気がつく。

デ＝レイの口元に、笑みがゆっくりと広がっていく。凄絶な美と色気を伴った微笑に、シエーナの背筋が色んな意味で震え上がる。

「五時からが、楽しみだ。我慢していた分、尚更にね。これで仕事を頑張れそうだ」

ああ、五時になったらイチ号に近くに居てもらわなきゃ。

シエーナはそう思った。


王宮夜会の招待状が届いてから、一ヵ月ほどが過ぎた夜。

いよいよ人生二度目の王宮での夜会を今夜に控え、シエーナは緊張のあまり、倒れてしまいそうだった。

支度が整うと、伯爵邸内を無駄にうろうろしてしまう。

廊下で出くわしたメアリーは、思わず義姉を二度見してしまった。

いつもより義姉が二割増し、いや三割増しで魅力的に見えたのだ。

「お姉様、今夜のドレスとお化粧は史上最高の出来ですわね」

「ありがとう、メアリー」

礼を言った後で、シエーナは申し訳なさそうに眉尻を下げる。

「せっかく紹介してくれたのに、今夜はマール子爵のお誘いを断ったりして、本当にごめんなさい」

「いいえ。ルル達が噂しているのを聞きましたけど、今夜の王宮夜会はあのハイランダー公にお会いするために行かれるんですよね？」

「え、ええ。そう言われれば、そうなのだけれど」

「それなら、仕方ありませんわ。女なら誰しも、上位の男を狙うもの。男爵より子爵、侯爵より公爵ですもの！」

シエーナは義妹の熱弁が咀嚼《そしゃく》できず、返答に窮した。

「かつてのハイランダー公のゲリラ的な求婚に、お義父様やお義姉《ねえ》様が混乱なさって正しい決断が下せなかったのは、わかりますわ。けれど、ハイランダー公が意外とへこたれない、しつこいかたで本当に良かったです」

メアリーは勘違いしていた。

伯爵とシエーナがハイランダー公の求婚を受け入れるのだと。訂正したいのだが、あまりの熱弁に説明を挟む余地がない。メアリーは捲《まく》し立てた。

「デブよりマッチョ。ハゲよりフサフサ。おチビより高身長。ええ。わかりますわ。『ちょっと整った顔』より、『超絶美形』を選ぶ方が賢明です」

「あ、あの、メアリー？」

「美人は三日で見飽きる、なんて嘘《うそ》ですわ。結婚生活は長いんですもの。ふとした拍子に相手が嫌になったり、憎らしく思えることも多々あります。そんな時に顔まで悪かったら、そこに救いはありません！」

「いえ、そこまでは……」

「長い結婚生活の末に、そこに愛はありますか？　いいえ。負の感情を止めてくれる美がなければ、不滅の愛なんて綺麗事《きれいごと》です。見た目が良い方が、良いに決まってます！」

「め、メアリー。少し落ち着いて。お腹の赤ちゃんに悪いかもしれないわ」

メアリーは一旦黙り、膨らんできたお腹をさすって呼吸を落ち着けた。

この先、公爵が義兄になるかもしれない。

ハイランダー公は国王の弟だ。なんて完璧な未来。

「今夜は私も行きたいくらいですけれど、この子と安静にして待ちますわ。お義姉様、応援しております！」

シエーナには最早、訂正する勇気がなかった。

外は身が引き締まるほど寒かったが、王宮の大広間は熱気に包まれていた。

高い天井から輝きを放つシャンデリアと、集った王侯貴族達の煌びやかさ。

国立舞踏ホールも絢爛《けんらん》だったが、やはり王宮の夜会は設備も、管弦楽団も、集った人々の人数も上を行っている。

ワインをトレイに載せて歩く給仕達までが、皆洗練されていて別世界の住人に見える。

二度目とはいえ、王宮での盛大な夜会に身を置くと、シエーナは緊張して仕方がない。

「お父様、ハイランダー公はいらしてる？」

シエーナに問われるより前に、伯爵もずっと捜しているのだが、ハイランダー公の姿は見つからない。

「まだのようだよ。彼は目立つから、いればすぐに分かるはずだからね」

大広間の中程まで進むと、周囲にいた人々が次々に伯爵とシエーナに話しかけてきた。

伯爵は滅多に夜会に娘を連れて来ない。

シエーナは社交の場にほとんど顔を出さないため、みな興味津々だった。

イジュ伯爵令嬢は、もしや人に見せられないようなとんでもない容姿なのか、と噂する者達もいた。

だが、どうだろう。

今夜王宮夜会に現れたシエーナは美しく着飾り、思慮深そうな黒い瞳が印象的な、凛とした女性ではないか。おどおどした様子もなく、伸びた背筋も綺麗だ。

気がつけばシエーナの周りにはたくさんの男性達が集まり、彼女は次々とダンスに誘われた。

そうして誘ってくれた男性と休みなくダンスをすると、シエーナは疲れ切って父のもとへと戻った。片手では足りない人数と、踊ったかもしれない。

「お父様、ダンスって疲れるのね」

「何も全員の相手をしなくてもいいんだよ。ダンスは断って、代わりにお喋《しゃべ》りをしてもいいんだから」

「夜会って大変ね。ところで、ハイランダー公はいた？」

「さっき国王陛下にも聞いたんだが、少し遅れるらしい」

「そうなの。ちょっと肩透かしだわ」

ため息をつくと、シエーナはワインとダンスで熱くなった体を冷まそうと、バルコニーに出た。

大きなバルコニーの外には庭園が広がっていて、寒さをものともしない若者達が、酒を片手に集って盛り上がっている。

ふぅっ、と息を吐くと冷たい空気に触れて顔周りが白く濁る。

キンと冷えた空気が、露出した首やデコルテの熱を冷ましてくれて、気持ちがいい。

広大な庭園に続く道は何本もあり、設置されたランプが柔らかく暗闇を照らしている。

（そういえば、前にここに来た時は、庭園の奥の方まで行って、薔薇《ばら》を見に行ったんだったわ）

あの時はその先でハイランダー公に遭遇し、怖い思いをしたのだっけ。

自分が進んだ道を思い出して目で辿《たど》ると、小道の脇の低木の前に一人の男性が立っているのを発見し、おやっと眉を上げる。暗い庭園に一人佇《たたず》む人物に、違和感を覚える。

ランプの灯りが乏しいため、顔までは見えないが、シルエットには見覚えがある気がした。

見覚えがあるどころか、よく見知ったシルエットだ。

まさかね、と思いながらもシエーナは確かめようとバルコニーを下りた。

薄暗い庭園は雪こそ積もっていないが、バルコニーよりも寒く、二の腕を擦って寒さをしのぐ。

石畳の小道に、シエーナの靴音がカツカツと響く。

低木のすぐそばまでくると、シエーナはハッと息を呑《の》んだ。

そこにいるのは魔術師のデ＝レイだったのだ。

王宮の庭園に、どうしてドルー渓谷の魔術師がいるのだろう。

何度瞬きをしても、まぼろしなどではなく、確かにデ＝レイがそこにいる。

魔術館でいつも身につけている黒いローブではなく、夜会に出てもおかしくなさそうな、水色のジャケットを纏《まと》い、真紅のマントを片方の肩に掛けている。

シエーナはデ＝レイの前まで駆け寄ると、驚きの声を上げた。

「お師匠様⁉　こんなところで何をなさっているのですか？　ここ、王宮の庭園ですよ？」

「ああ、分かっている。君が参加すると言っていたから、私も覗《のぞ》きたくなってね」

忍び込んだのだろうか。今日は王宮夜会に行くと伝えてはあったけれど、まさか追いかけてくるなんて思いもしなかった。

デ＝レイの魔力をもってすれば、王宮に忍び込むことは難しくないのかもしれない。

慌てて辺りを窺《うかが》うが、近くにいるのは酒瓶を持って何かの話題で盛り上がって爆笑している若者集団だけで、二人に気をとめている様子はない。

するとデ＝レイはシエーナの手を取り、小道の奥へと誘った。

引っ張られるようにしてついていきながら、再度尋ねる。

「どうやって、王宮の中に？　とても危険な行為ですわ」

「どうしても今日、君に会って話したくてね。――この格好は似合ってないか？」

シエーナはもう一度デ＝レイの全身を確認してから、微笑んだ。

「凄くお似合いです。貴公子のようです。――でも、衛兵にでも見つかったら大変ですよ？」

遠くからシエーナの名を呼ぶ声がした。

イジュ伯爵がバルコニーに出て、シエーナを捜しているようだ。木立の向こうに目を凝らし、シエーナはつぶやいた。

「――もしかして、やっとハイランダー公が大広間に来たのかしら？」

それを受けて、デ＝レイがシエーナの肩に手をかけ、振り向かせる。

「君は今夜、ハイランダー公に会うために王宮夜会にきたのか？」

「ええ。そうなんです。でも後にします。おモテになるらしいですから、どうせ今頃誰か女性とお話しされてるのでしょうし」

「それは間違いないな」

デ＝レイはそう言うとシエーナの右手を握った。少し驚いた黒い瞳が、デ＝レイを見上げる。

目の前にいる愛しい女性の濡《ぬ》れたような黒い瞳は、まるで夜空のようだとデ＝レイは思った。星々を閉じ込めた天の色。

夜空がシエーナの瞳に、落ちている。

デ＝レイは込み上げる思いで胸をいっぱいにした。髪だけでなく、シエーナは瞳まで世界一、美しい。

真剣な気持ちを言葉に滲《にじ》ませ、デ＝レイが言う。

「今夜は君に大事な話があって、こっそりここに来たんだ。どうしても、今夜でなければならなかった」

「まぁ、なんですの？」

デ＝レイはシエーナの右手を取ったまま、自分のマントの裾を払い、その場に片膝を突いた。

予想しない行動に、シエーナが目をパチパチと瞬く。

デ＝レイはシエーナの右手の甲を引き寄せると、そこに優しく唇を押し当てた。

シエーナの心臓がドキンと跳ねる。

「シエーナ。私と結婚を前提に交際をしてほしい。私の婚約者になってくれないだろうか？」

「お、お師匠様……？」

「もうとっくに分かっていると思うが、私は君が好きだ。君しか、いない」

シエーナはすぐには声が出なかった。驚きすぎて、嬉しすぎて。

何か言わなければ、と必死に口を開く。

「わ、私なんかで、本当によろしいんですの？」

「君は世界一、綺麗だ」

舞い上がるなと己に命じても、シエーナにとってそれは難しかった。

高揚し過ぎて寒さも時も、場所すら忘れ、シエーナはデ＝レイと同じ目線になるべく、しゃがんで彼と目を合わせた。

たっぷりと生地を使ったドレスの裾が、芝の上に大きく広がる。

「お師匠様。それなら、ハイランダー公と話をつけてきますので、その後で私をこの窮屈な夜会から連れ出してください」

「もちろん、それこそ私も望むところだ」

デ＝レイはシエーナの手に再び口付けると、立ち上がった。

釣られて立ったシエーナの両手を握り、少しいたずらっぽく笑う。

「その『お師匠様』というのは、そろそろ卒業しないか？」

「あら、でも私、考えてみればお師匠様の本名を知りません」

名前も知らない相手と婚約するのか、と我ながらおかしくてシエーナがくすくすと笑う。

デ＝レイはシエーナの両手を引き寄せ、至近距離で彼女を見下ろした。

王宮にある広大な庭園の片隅で、デ＝レイがシエーナに語りかける。

「今夜君に、私の本名と家族を紹介したい」

「まぁ、今から？」

急なことだ。デ＝レイの家族は王都から近いところに住んでいるのだろうか。でも嬉しい。

目を丸くするシエーナをよそに、デ＝レイは体を反転させると彼女の右手を引いたまま、元来た道を歩き出した。

薄暗い石畳みの小道を通り、煌々《こうこう》と明るいバルコニーに近づいていく。

この状況に、シエーナは急に焦りを感じた。

「こ、これ以上近づいたらみんなに姿を見られてしまいます！」

「構わない。見てもらうべきだ」

デ＝レイは歩調を緩めず、つかつかとバルコニーの階段を上がっていく。

バルコニーから大広間の中に入っても、デ＝レイは堂々と奥へと進んだ。

あまりに真ん中を通るせいか、紳士淑女達が少し驚いたように目を見開いて、二人に道を空ける。

「ハイランダー公？」という呟き声が、あちこちから聞こえる。シエーナは目を彷徨《さまよ》わせて大広間の中を見た。もしかして、ハイランダー公が近くに来ているのかもしれない。

手を引いて歩みを止めないデ＝レイに視線を戻し、シエーナは血の気が引いた。

デ＝レイの進行方向にいるのは、玉座に座ってダンスを見ている国王と王妃なのだ。

招待状もなく貴族に扮《ふん》した魔術師が、王宮に忍び込んで国王の前に出て行く。これほど身の程知らずで恐ろしい火遊びはない。

「だめですお師匠様、止まって！　あそこにいらっしゃるのは、畏れ多くも国王陛下なんです！」

「知っている。心配ない」

心配しかない。

さすがに失礼が過ぎる。これでは、デ＝レイが逮捕されてしまう。

デ＝レイの腕を引き、立ち止まって彼を止めようと試みると、デ＝レイは苦笑してからシエーナを抱き上げた。

思わず悲鳴を上げてしまい、余計に注目を浴びてしまう。

子どものように抱き上げられて頭の位置が高くなり、シエーナの見渡す限り、人々の頭を越えて大広間の中が奥まで見える。談笑に夢中の人々も、ダンスに熱が入っていた人々も、皆が一斉にシエーナとデ゠レイを何事かと見ている。

イジュ伯爵が人々の間で棒立ちになり、口をあんぐりと開けている。

(ああ、終わったわ。どうしよう。お師匠様はどうするつもりなのかしら)

信じがたいことに、デ゠レイは真っ直ぐに国王と王妃の前に出ると、腕の中からずり落ちかけていたシエーナをヒョイと持ち上げて、抱き直した。

デ゠レイとシエーナを見下ろす国王と王妃も驚いたように目を見張っており、視線を二人の間で往復させている。

玉座のすぐそばまで行くと、デ゠レイは国王に話しかけた。

「国王陛下。夜会に遅れまして申し訳ございません」

デ゠レイが膝を突くこともなく、いきなり国王に話しかけたため、シエーナの心臓は縮み上がった。貴族であっても、家臣として許されない無礼な行為だ。こんなことをしていいのは、国王の身内だけなのに。

国王はデ゠レイを見下ろしたまま、苦笑して呟いた。

「随分と派手な登場をするな……。流石というべきか?」

国王のあまりに気さくな話し方に、シエーナは狼狽したが、この後すぐにでも国王は怒り出すだろう、衛兵もすぐに駆け寄ってくるだろう、と全身に緊張が走る。

デ＝レイは国王に堂々と言った。

「イジュ伯爵家のシエーナが、私との婚約に応じてくれました」

「なんと。ついにやったか！　これはめでたい」

「陛下、私達の婚約の証人になってください」

デ＝レイは何を言っているのだろう、とシエーナは困惑した。頭の中では思考が全くまとまってくれない。頭がクラクラして、デ＝レイの肩に摑《つか》まっているのがやっとだ。

一方の国王は、朗らかに報告する弟とは対照的に真っ青なシエーナを、よく観察した。

（なんじゃこりゃ？　シエーナちゃんの様子、おかしーじゃん）

国王は思案し、顎を摩った。

シエーナはまるで、大木の上で震える小鳥のように見える。展開についていけず、今にも卒倒しそうなほど血の気を失っており、どう見てもこの状況を喜んでいない。

（まさか無理矢理婚約に同意させたのか？　いやいや、我が弟はそんな人間じゃない）

その証拠に、シエーナはしっかりとデ＝レイに身を寄せてしがみついている。顔を寄せ合っている様子からも、既にキスくらいはしている仲なのかもしれない、とすら察してしまう。

むしろ、シエーナの怯える瞳が向けられているのは、国王自身のようだ。

（なんで？　なんでそんな怖がられちゃってるわけ？）

どう考えてもシエーナは国王である自分を、恐怖の対象として見ているようだ。「気さくで気の利くいい感じの義兄」になりたいと思っているのに、これでは出だしから完全に失敗している。

日頃、家臣達の前では常に威厳を保つように爪の先まで言動に注意を払っている国王にとって、家族だけは素のままの自分をさらけ出せる、癒しの存在だ。そのメンバーが増えることは、喜ばしい。

義理の妹に「お義兄《にぃ》様、聞いてください！」と親しみを込めて話しかけられ、弟についての愚痴を聞いてやったり、相談相手になる日を、密かに楽しみにしているのに。「あいつは昔っから、困った奴なんだよぉ」と自分も溜《た》まった愚痴を聞いてもらう予定を、勝手に立てているのに。

おとなしいシエーナは、大舞台で婚約を発表されて、不本意なのかもしれない。ここから打ち解けていくのは、なかなか大変そうだ。

しかたない。シエーナが王室に入ってきたら、義兄としてとことん彼女を甘やかして、懐いてもらおう。それにしても、弟が珍しく自分から衆目を浴びるような真似をしたことが意外過ぎて、国王は苦笑した。

大広間に充満する動揺した空気を一掃しよう、と一度大きく咳払《せきばら》いをすると、国王はデ＝レイに向かって大きく頷いた。

「よかろう。君達は今日この瞬間より婚約者だと、余が認めよう。シエーナ、君は余の未来の義妹《いもうと》だ」

「へ、陛下——？」

いもうと、という単語だけが浮いて、シエーナの頭の中に入って来ない。

「ありがとうございます、陛下」

デ＝レイが軽く膝を折り、国王がうんうんと首を縦に振る。

唖然とするシエーナを抱き上げたまま、デ＝レイは方向を変え、大広間の隅にある扉へと向かった。

それは招待客達が出入りに使う扉ではなく、閉じられていて左右に衛兵が立っている。

衛兵達はデ＝レイが歩いてくることに気づくや否や、素早く扉を開け、敬礼した。

なぜ扉を開けてくれるのかが、シエーナには理解できない。

デ＝レイは臆することなく、そこから大広間を出て行く。

彼らの後ろ姿を見送りながら、国王は隣に座る王妃をチラリと見た。

隣に座る王妃も二人のことが気になるのか、珍しく野次馬根性を覗かせて、衛兵が閉めた扉の向こうをチラチラと見ては様子を窺っている。国王は不意に閃《ひらめ》いた。

「あ〜、多分ドルー渓谷で魔術師をやってることを、打ち明けるんだな。逃げ道塞いでから、ちょっと変わった副業を明かすわけね」と。

——実際はその逆なのだが。

大広間を後にして、シエーナは自分を抱え上げたまま突き進むデ＝レイに尋ねる。

「お師匠様、どこに行かれるのですか？」

大広間を出ると白い壁の廊下が続いていた。左右に絵画が飾られ、ランプが灯されていて明るい。大広間の喧騒《けんそう》が嘘のように廊下は静かで、角を曲がると布張りのソファが並んだ居心地の良さそうな空間が広がっていた。

明らかにここは、外部の者達が足を踏み入れていい場所ではなく、王宮に住まう者達の私的な空間に思える。

デ＝レイは両開きの大きな扉の前まで来ると、ようやくシエーナを下ろした。

そうして扉を開けて、シエーナの手を取って中へ進んでいく。

「お師匠様。ここは？　部外者は勝手に入ってはいけないのでは？」

デ＝レイはそれに応えず、シエーナを部屋の中ほどまで連れて行った。

広い室内は螺鈿《らでん》細工が壁一面に施され、奥に大きなマホガニーのテーブルが置かれている。贅沢《ぜいたく》な空間に息を呑んでいたシエーナの目は、窓際に飾られた一枚の大きな絵画に釘付《くぎづ》けになった。

よく確かめようと、一歩ずつ近づいていく。

華麗な装飾が施された白い椅子に座り、三人の子ども達に囲まれて、微笑む一人の女性。その女性を、シエーナはどこかで見た。

シエーナの記憶にある姿は、もう少し年齢を重ねたものだ。だが、たしかにあれは……。

シエーナは絵画の正面に立った。

「ここに描かれているのは……、ル＝ロイド？」

デ＝レイは隣に立ったシエーナの肩を抱いた。

「そう、私の祖母のル＝ロイドだ。彼女の隣に立っているのは、私の父だ」

「お父様？　お師匠様のお父様は、今どちらに？」

「父は既に他界している。落馬で急死したんだ」

「そうでしたの……。お会いできなくて、とても残念です」

二人は無言でしばらく絵画を見上げていた。

シエーナは湧き起こる色々な疑問を、なんとか言葉にした。

「なぜ渓谷の魔術師の家族の肖像画が、王宮に？」

「私の祖母はこの国の王妃であり、後に王太后となった。そして晩年はル＝ロイドでもあった」

シエーナは激しく目を瞬いた。何を言われたのか、すぐには理解できない。

ル＝ロイドと王妃。

単語が繋《つな》がらない。

二つの世界を結びつける要素が、シエーナの頭の中には存在しない。

だが、次の瞬間彼女は息を呑んだ。

辺鄙《へんぴ》な地にある魔術館に見合わない、豊富な魔術書や聖玉《せいぎょく》の数々は。

時おりおかしな、師匠の反応は。

ル＝ロイドの遺した木箱に入っていた、紋章入りの品々は。

そしてどこかで聞いた、シエーナの耳への低く甘い囁きは。

何より、今夜皆がシエーナとデ＝レイを見て、何と言っていた？

「ハイランダー公」と。

いやいや、まさか。

シエーナは信じられない思いでデ＝レイを見上げた。

「お師匠様。あなたは、本当はどなたなのです?」

もうその本当の名を、多分シエーナは分かってしまっているけれど。

デ＝レイは絵画から目を離し、シエーナを見下ろした。

「私は、君に以前フラれたハイランダー公爵だよ」

ああ、やっぱり、とシエーナは無意識に一歩、後ずさった。

その腕をハイランダー公が素早く捉える。

「怖がらないで、シエーナ」

「こんなことって……!」

困惑するシエーナをデ＝レイが引き寄せる。

シエーナは「どうして今まで黙っていたのか」と尋ねかけて口をつぐむ。聞くまでもない。初めて魔術師とシエーナが出会った状況を思い出せば、打ち明けられるはずもなかった。

「君が私の魔術館に来たときは、本当に驚いたよ」

「私は、何も知らずに――ハイランダー公の魔術館に、雇え雇えと押しかけていたなんて……」

なんと恥知らずな真似をしたのか。だがシエーナにはどうしても分からなかった。

「分かりません……、そもそもなぜハイランダー公は、私なんかに突然求婚を?」

「祖母の遺言があったんだ。君を妻にするように、と。祖母は私が君以外の女性と結婚することを、禁じたんだよ」

「そんな、どうして」

「だが今の私にとっては、もう遺言なんて関係ない。たとえ祖母に君との結婚を禁じられようとも、破ってみせる」

「まさかドルー渓谷の魔術師が、公爵だったなんて、」

シエーナの口をハイランダー公が自分の唇で物理的に塞ぐ。

黙り込んだシエーナを抱き寄せると、彼女は緊張で身を固くした。いつもなら恥ずかしそうにしながらも、嬉しそうに身を寄せてくるはずなのに。

シエーナのいつもの反応との落差に、ハイランダー公は表情を曇らせ、唇を離した。

「シエーナ。私が、……嫌か？」

シエーナはすぐにかぶりを振った。

「いいえ。でも、気づかなかった私は、なんてバカだったのかしら」

いまだ腕の中で体を硬くするシエーナに不安を煽《あお》られ、ハイランダー公は彼女の緊張を鎮めようと何度もその額に優しいキスを贈る。

だがシエーナは俯《うつむ》き、しまいには微かに震え始めてしまった。

ハイランダー公は悲しくなった。

「シエーナ？　君は、私がハイランダー公爵では、嫌なのか？　不躾《ぶしつけ》な求婚をした私が、許せないか？」

シエーナは震える口元を両手で押さえながら、顔を上げた。

「違います。私、今とんでもなく嬉しいんです」

「……嬉しい？」

「だって、これで誰にもあなたとのことを、反対されませんん。堂々と、私の愛する人だと言いふらせますもの」

黒い目を潤ませて微笑むシエーナと、その発言内容が愛し過ぎて、ハイランダー公はきつく彼女を抱き締めた。

今度こそシエーナは首を傾け、ハイランダー公の胸にしなだれかかる。

「シエーナ。私の名前を呼んでくれ。……実を言うと、君に本名で呼んでもらうのが夢だった」

シエーナが目尻の涙を拭いながら、微笑む。

「お師匠様ったら」

「さぁ、呼んでくれ」

直後にシエーナの表情が固まる。

何度か目を瞬くと、シエーナは言った。

「ハイランダー公爵のお名前は……。あの……、なんだったかしら……？」

ハイランダー公がガックリと肩を落とす。

「本当に、君は心底ハイランダー公に興味がなかったんだな……。私はこれでも一応、結構……いやかなりモテるんだが」

「だ、だって、私からすれば、ハイランダー公は見上げれば首がもげて転がり落ちそうなほど、雲の上の方だったんです！」

「私の名は、ジュード・エドモンド・アーロン・ハイランダーだよ」

「ジュード。ジュードとお呼びすれば、良いかしら？　わ、忘れていてごめんなさい」

「構わない。どうせ、これからは死ぬほど何度もその名を呼ぶことになるだろうからな」

シエーナはあっと声を上げた。

「そうだわ。ハイランダー公にお会いしたら、言わなくちゃいけないことがありました」

「ん？　なんだ？　苦情は受け付けないぞ」

「ドルー渓谷の魔術館に寄付をしてくださって、ありがとうございます」

ハイランダー公は声を立てて笑った。

シエーナの律儀さがたまらない。

ああ、もう、婚約など言い出さなければ良かった。ハイランダー公は今夜の己の発言を、後悔した。

婚約などと、まどろっこしいことをせず、国王にいっそ結婚を報告してしまえば良かった。

ふとシエーナが遠い目をした。

「お父様に、色々後で説明しないといけないわ。今頃、私以上にわけがわからなくて、驚いているはずだもの」

「そうだな。一緒に行くよ。君は父親に、リド魔術館を辞めたところから説明する必要があるな」

「怒られないかしら」

「私が父親なら、激怒だな。――怪しい魔術師と二人きりで働いて、挙げ句に一生捕まったんだから」

シエーナは少し考えてから、悪戯っぽく言ってみた。

「いいえ。捕まったのは、ハイランダー公の方かもしれません」

「言ってくれるな。——さて、捕まえたのはどちらかな？」

挑戦的な流し目を送ると、デ＝レイはシエーナの背中の後ろで手を組み、彼女を再び抱き寄せた。

その可愛らしい耳に口を寄せ、あらん限りの色気を声に乗せ、いつかのセリフを囁いてみせる。

「シエーナ。薔薇がお好きなのですか？」

途端にシエーナの顔が耳まで真っ赤に染まり、けれどすぐにくすくすと声を立てて笑い出す。それはかつて、初めて参加した王宮夜会でハイランダー公が恐怖に震えるシエーナに囁いたセリフだった。

「あの時は、まさか公爵様が庭園にいらっしゃるとは思いもしなかったんです」

「逃げたりして、悪い子だ」

「その時の話を、魔術館でよりによってお師匠様にしてしまうなんて。私は何て馬鹿なことをしたのかしら」

「——あれには、実を言うと結構傷ついたな」

「ご、ごめんなさい」

「もう二度と、私の求婚を断らせないぞ」

「お師匠様ったら」

「ジュード」

「ジュ、ジュード。……言い慣れないわ」

するとハイランダー公はひょいと片眉を上げ、悪戯っぽく言った。

「案外、この先もずっとそのお師匠様と呼んでもらうのも、アリかもしれないな。想像すると、意外とそれはそれで、そそるぞ」

「ど、どんなご想像を……？」

シエーナが恥ずかしそうに頬を膨らませる。「内緒だ」といたずらっぽく答えた後で、デ＝レイは穏やかに微笑んだ。

「今となっては、祖母には感謝しかない。君が私をフッてくれたからこそ、魔術館での時間ができたと思うと、こう言うしかないな。……公爵を、フッてくれてありがとう」

「どういたしまして」

シエーナは少し恥ずかしそうに、けれど輝く笑顔で答えた。


イジュ伯爵邸では、王宮から馬車が戻ってから、屋敷中が落ち着かなかった。

帰宅したのはなぜか伯爵だけで、一緒に出かけたはずのシエーナはいなかったのだ。

伯爵はどういうことかと尋ねるエドワルドに、困り顔で答えた。

「国王陛下の前に突然ハイランダー公がやってきて、陛下は彼とシエーナの婚約を認めたんだよ」

「えっ、なんでそんな超展開になっているんだよ」

「しかも、ハイランダー公はそのままシエーナを抱えて、どこかへ行ってしまったんだ」

エドワルドの隣にいたメアリーが、口を挟む。

「お義父様、順を追ってご説明なさって。ハイランダー公はやはり、王宮で改めてお義姉様に婚約を申し込まれたということですか？」

「いや、何ていうか。順も何もないんだ。ハイランダー公がバーンと来て、ジャーンと婚約宣言されて、ササーッと消えてしまったからね……」

「まるで分かりませんわ。それで、お義姉様はどちらにいらっしゃいますの？　もしや、まだ王宮に？」

「陛下にお尋ねしたら、後でハイランダー公が送り届けるだろうから、心配するなと仰ったんだよ。私にも、一体何が起きたのか全く分からんよ」

イジュ伯爵は弱りきった表情で、こめかみを掻いた。

こうして三人は、居間でやきもきしながらシエーナの帰りを待った。

そして一時間ほど待った頃。

居間に侍女が転がるように駆け込んできた。

「大変です！　ハイランダー公爵が、いらっしゃいました！」

これはデジャブか。すぐにソファから腰を上げたものの、イジュ伯爵は立ちくらみを覚えた。

玄関に向かって歩きながら、侍女達に命じる。

「すぐに客間に茶菓子を準備してくれ。茶は零さないでくれよ。菓子も落とさないよう、気をつけ

てくれ」

伯爵邸の前に停められた馬車の中から、シエーナとハイランダー公が出てくる。

転がるように駆けつけた伯爵に、まず声をかけたのはハイランダー公だった。

ハイランダー公が神妙な顔つきで、伯爵の正面に立つ。

「ご令嬢との婚約を勝手に発表してしまい、大変申し訳ございません」

そう言うなり、ハイランダー公はイジュ伯爵に向かって深く頭を下げた。その後ろに丁度、車体に取り付けられたグリフィンと剣の盾の家紋が見える。

国王の弟と、一戦交えるつもりはない。イジュ伯爵は、震え上がった。

「ファ、ファファァッ、ハイランダー公、顔を上げてください。何がどうなったのか皆目分からないので、ご説明いただけるとありがたいです。――その、ご提案のあったシエーナとの縁談は、以前お断りしたはずですが……」

それに、とイジュ伯爵はシエーナを見た。シエーナには好きな人がいるのだ。

リド魔術館で働くというその人を、今度紹介してくれることになっている。

イジュ伯爵が言わんとすることが分かったシエーナは、ハイランダー公の手を取った。

「お父様。魔術館で出会った好きな人というのは、ハイランダー公のことなんです。私ったらその人がハイランダー公だと全く気づかなくて……。一人の魔術師として、今までずっとお付き合いしていたんです」

イジュ伯爵がシエーナの言ったことを理解する前に、ハイランダー公は右手をスッとあげ、メアリーと共に外に出てきたエドワルドが持つランプの前にかざした。するとランプの火は急に倍ほどに大きくなり、その一部がランプを飛び出して空中を舞った。

火はいくつかに分かれてビー玉大になり、連なって一堂の間を動いた。まるで長く大きな黄金の鎖のように。

メアリーが思わず感激の声を上げる。

「まぁ、なんて美しいの！　夜空を泳ぐ、ネックレスのようですわ」

シエーナは列になって飛ぶ蛍のようだと思ったが、見る人によって感想にも個性が出るものなのだな、と妙に納得してしまう。

イジュ伯爵は恐る恐る尋ねた。

「ハイランダー公は、魔術をお使いになるのがお上手なのですね。存じ上げませんでした」

「実は以前こちらのお屋敷をお訪ねして、ご令嬢とお会い出来なかった日から間もなく、魔術館で偶然彼女とお会いしたんですよ」

「つまりリドの魔術館で？　それはまた、なんという運命のいたずらでしょう」

二人が出会ったのは正確にはドルー渓谷にある、デ＝レイの魔術館だが、ハイランダー公は敢えて訂正しなかった。話がややこしくなってしまう。

「その日から、私達は頻繁に会うようになりました。素朴でお茶目で、それでいて芯の強い凛としたご令嬢に、強く惹《ひ》かれています」

目をとろけそうにさせながら、メアリーは両頬を手のひらで押さえた。

「それでは、お義姉様と公爵様は、相思相愛ということなのですね！　素晴らしいわ」

ハイランダー公がパチンと指を鳴らすと、舞っていた炎の球は跡形もなく消えた。

イジュ伯爵とハイランダー公の目が、再び合う。

「私とお嬢様の婚約を、お許しいただけますか？」

イジュ伯爵は即答できなかった。

娘の交際相手が平民の魔術師というのは、不安がなかったと言えば嘘になる。

とはいえ、娘に「最後の聖域」が求婚してくる、というのもやはり想定外なわけで。

ちらりとシエーナの様子を窺うと、彼女はひたとこちらを見つめている。婚約に賛成してくれることを信じきったような穏やかな表情に、イジュ伯爵はおやっと思った。

シエーナはいつも何かに焦り、怯えているようなフシがあった。

だがどうだろう。

今や彼女は控えめながらも自信に溢《あふ》れ、いつになく落ちついた空気を纏っている。

イジュ伯爵は悟った。

（さては、シエーナはもう、ハイランダー公に惚れ込んでいるんだな）

ここでイジュ伯爵が強硬に反対しようと、聞く気など恐らくないだろう。

一方のハイランダー公も、変わったようだ。前回彼と客間で話した時は、彼の真意を測りかねた上に、怜悧《れいり》な印象を与えるアイスブルーの瞳の冷たさが、気になって仕方がなかった。

けれど今、シエーナを見つめるハイランダー公の瞳は彼女への優しさと愛しさで溢れている。

悩むことなんて、ない。二人を見れば、答えは一つだ。

イジュ伯爵は微笑んだ。

「私は誰より娘を信用しているんです。シエーナが選んだお相手ならば、何の問題がありましょう」

シエーナに視線を向けてみれば、彼女は黒い瞳を潤ませていた。涙を堪えるその様子に、イジュ伯爵ももらい泣きしてしまいそうになった直後。

ハイランダー公がアイスブルーの瞳を真っ直ぐにイジュ伯爵に向け、言った。

「ありがとうございます。お義父様」

一瞬、イジュ伯爵は心の中でヒィィと悲鳴を上げた。まさか本当にハイランダー公から、義父扱いをされる日が来ようとは。

全身がむず痒《がゆ》いような、妙な感覚に襲われているイジュ伯爵に更に一歩近づくと、ハイランダー公は周囲に聞かれないよう、声を落として続けた。

「実は私の仕事について、イジュ家の皆様に内密にお話ししなければならないことがあります。土日限定の、副業のようなもの……についてなのですが」

なんだろう。話の中身も気になるが、それ以上に至極当然のように「お義父様」と呼ばれることに、焦りを覚える。

流石に、まだ早い……。

そう言いたかったイジュ伯爵だったが、周囲を見回しやっと気がついた。

シエーナは、心底嬉しそうな微笑みを浮かべている。

エドワルドはそんな姉の幸せそうな姿を見て、安堵の表情だ。

メアリーに至っては屋敷の方を指差し、ハイランダー公に向かって「お義兄様、それでは客間にご案内いたしますわ！」と気の早いことを言っている。

イジュ伯爵は、苦笑した。展開についていけていないのは、どうやら自分だけのようだ。

屋敷の方へ歩き出しながら、イジュ伯爵はハイランダー公に言った。

「ハイランダー公には、驚かされてばかりですな。内密のお話とやらを、中でお伺いしましょう」

イジュ伯爵に続き、メアリーの背に手を当てたエドワルドと、互いに見つめ合うシエーナとハイランダー公が歩きだす。

シエーナは、隣を歩くハイランダー公の手にそっと触れた。一見堂々としているが、彼が今から打ち明けようとしている話に、緊張していることに彼女は気づいている。

ハイランダー公はシエーナの手を握り返し、彼女を引き寄せた。ピッタリ寄り添いながら、彼は考えた。

客間で「家族」だけになったら、こう切り出そう。

「ドルー渓谷の魔術館を、ご存じですか？」と。

最終章　ル＝ロイドの遺言

外は吹雪だった。

大粒の雪が窓を叩《たた》き、強い風の音が絶え間なく聞こえる。

身体の芯から冷える、実に寒い夜だった。

熱い紅茶の入ったカップを両手で持ち、皺《しわ》だらけの手を温める。カップをゆっくりと傾けて少しずつ飲むと、身体の中から温まってホッと落ち着く。

吹雪で灰色一色に染まる窓の外に視線を投げ、やれやれと長い息を吐く。

こんなに荒れた天気では、客は誰も来ないだろう。

そう思っていたル＝ロイドだったが、もう一口紅茶を飲もうとカップに手を伸ばした矢先、玄関の扉をドンドン、と激しく叩く音がした。

「おやおや、誰だろうね。こんな酷い雪の中を」

どっこらしょ、と重い腰を上げ、テーブルを離れて玄関へ向かう。

玄関扉の先にいたのは、冷たい風に煽《あお》られ、今にも飛んでしまいそうな華奢《きゃしゃ》な一人の少女だった。

歳のころは六、七歳くらいだろうか。

少女は真っ青な唇を震わせ、館の玄関先で訴えた。

「未来を変えて下さい！」と。

少女は黒い瞳に絶望をはりつかせ、訴えた。

「ドルー渓谷の魔術師、ル＝ロイドさんは、未来を変えられると聞きました」

厳密にいうと、それは違う。

ル＝ロイドにできるのは、未来を読み、そこへの最短の道に導くことだ。

だが今は、魔術の話は後にすべきだ。

まずはすぐにでも、凍える少女を温めてやらねばならない。

ル＝ロイドは暖炉の前まで少女を案内すると、はぜる炎の前で両手を擦り合わせる少女を改めて観察した。

服を乾かしてやろうと袖をめくってみれば、少女の腕はアザだらけだった。

質の良い羊毛のコートを着てはいるが、体はひどく痩せている。

何より靴を脱がせてみれば、小さな指は寒さで痛々しいほど赤く腫れあがっていた。このまま治療をしなければ、腐り落ちるだろう。

更に驚くべきことに、少女は己を伯爵令嬢だと名乗った。イジュ伯爵家の、シエーナだと。

しかもその日は、シエーナの誕生日なのだという。

幼いシエーナの身の上を案じ、ル＝ロイドは赤く腫れた小さな足に薬を塗ってやった。

よく一人で来てくれた。渓谷の魔術師に、頼ろうとしてくれて、本当に良かった。

薬を塗り終わると、ル＝ロイドはシエーナに水晶球をかざした。彼女の未来を読むために。――

幸せになってほしい。この先の人生は、シエーナにとって辛いことが続かなければいい。

水晶の球体越しに覗《のぞ》くようにして、少女を観察していく。

水晶球は最も可能性の高い未来から、順番に見せていく。最初の未来は実に鮮明だった。

水晶球の中のシエーナは、やがてどんどん華やかに、豪奢《ごうしゃ》に成長し、輝くばかりのアクセサリーを身につけ、王侯貴族のごとく仕立ての良いドレスを纏《まと》っていた。

ル＝ロイドは意外に思い、目を見開いた。

（おやおや。近い将来、伯爵家は巨万の富をなすんだね）

今のシエーナの様子からは、少し想像しにくい未来ではあったが、ル＝ロイドは心の中で安堵《あんど》の溜《た》め息をついた。

だが、次の展開を見て再び胸がざわつく。

水晶球の中で、洗練された女性となったシエーナは、やがて遠縁の子爵と結婚した。

シエーナ自身は子爵との結婚にそれほど乗り気なようではなかったが、それでも一人息子に恵まれ、誇らしげに微笑んでいる。

ところが幸せは長く続かなかった。

夫はすぐに浮気をし、二人の関係は冷めていく。息子は放蕩《ほうとう》息子に育ち、待ち受けているのは親子で領地を切り売りする日々。

（とんでもない未来だね）

他の未来を見せようと、水晶球を軽く左右に振る。

すると今度は、別の未来が見えた。

その未来では、シエーナは同じ年頃の貴族と結婚をした後、夫がすぐに事故で亡くなった。未亡人となったシエーナは、やがて家を義理の家族に乗っ取られる。

水晶球が見せたのは、嫁いだ家の離れで一人ひっそりと人生を終える、やつれた寂しいシエーナの姿だった。

焦ったル＝ロイドはしつこく色んな未来を覗いたが、その全てが不幸だった。

（なんてこと。まるで……あの子のようだよ）

あの子。

ル＝ロイドの孫のジュードだ。

頭脳明晰《めいせき》で魔術も使えるが、いかんせん容貌が美し過ぎた。

覗く未来全てが、ことごとく悲惨だった。

百を超える未来を見て、あらゆる可能性を探り、なんとか幸せな道を歩んでほしいと願ったが、水晶球は希望の見える道筋を、わずかも示さなかった。

水晶球は語った。将来、ジュードはティーリス王国一の名家の生まれである美女と結婚をする。

束の間の幸せと名誉はあったものの、愛のない結婚生活だった。

二人の結婚生活は早々に突然、終わりを迎える。ありもしない浮気を疑って嫉妬した妻に、ジュードが階段の上から突き落とされて絶命するのだ。

あるいは、国王のお膳立てで結婚した大人しい貴族の妻に「私が老いてみすぼらしくなる前に、あなたを永遠に私のものにしたいの」と言われ、毒殺される。

一番長生きする未来ですら、酷だった。ル＝ロイドが見たジュードの最長の享年は、三十五だった。三十五歳の誕生日。ジュードはそうと知らずに、少々妄想癖のある侍女を雇っていた。その結果、自分は彼の恋人だと妄想した侍女に、突然鈍器で殴られて即死する。

ちなみにその侍女には双子の姉がおり、別の未来では同じく妄想癖のある双子の姉がジュードに横恋慕し、突然鋭利な刃物で彼を刺殺した。

とにかく、ジュードには良い未来が何一つなかった。

全ての結末が悲惨だった。

不幸な星の下に生まれ、どうにもできないほど気の毒な運命を背負うものが、世の中には時折いるのだ。

分かってはいるが、納得したくない。

それが、とりわけ目をかけている孫ならばなおさら。

既に不幸そうな目の前の伯爵令嬢が、この先に歩まねばならない、さらに不幸な未来に同情し、水晶球を下ろそうとした矢先。

ル＝ロイドは慌てて水晶球を掲げ直す。

何か、とても分かりにくいけれど、もう一つ別の未来が映し出されていた。

朧《おぼろ》げにしか映らないその未来は、今のシエーナから最も遠い、かなり可能性の低い未来として水晶球に提示されていた。

だが、ル＝ロイドは最後に見えたその未来に望みをかけた。

水晶球を握る手に力を込め、じっと覗き込む。

美しく成長したシエーナと思しき女性が、暖炉の側で揺り椅子に座っている。

膝には二歳くらいの男の子を座らせ、その榛色《はしばみいろ》の髪の毛を撫《な》でている。

シエーナの表情の、なんと満ち足りたことか。

やがて金色の髪の背の高い男が、彼女の横に立つ。

男がこちらに背を向けたまま、シエーナの榛色の髪に右手を絡ませ、嬉《うれ》しそうに彼女が微笑む。

男はシエーナに、左手に持っていた小さな皿を手渡した。

皿にはすり下ろしたりんごが盛られており、シエーナが銀の匙《さじ》でそれを男の子に与え始める。

モグモグと口を動かす男の子を、心から愛しげにシエーナが見つめる。

（ああ、なんて、幸せそうな未来かしら。どうすれば、この最も可能性が低い未来を、この子に歩ませてあげられるの？）

ル＝ロイドの水晶球に、男の子の顔が大きく映った。

唇の端にりんごのカスをつけ、にこにこと微笑んで咀嚼《そしゃく》している。

ル＝ロイドは微かに違和感を覚えた。男の子の顔を、どこかで見た気がした。いや、そんなはずはない。これは未来なのだから。

男の子は実に綺麗《きれい》な顔をしていた。

瞳の色は母親と違い、アイスブルーだ。

整った鼻梁《びりょう》と薄い唇。

そして。

男の子が顔をあげ、その瞳がはっきりと水晶球に映った時。

ル＝ロイドは心の中であっと叫んだ。

髪の色を除けば、男の子はジュードによく似ていた。

震えそうになる両方の手で、水晶球を持ち上げる。

親子が座る揺り椅子のそばにある暖炉には、小さく紋章が刻まれていた。

それは間違いなく、ハイランダー公爵家の紋章だった。ハイランダー公爵領は、将来王位を継がないジュードに与えられることが、既に決まっている。

この未来は、水晶球が見せたただ一つの幸せな可能性だった。

すがるように読み解く。

やがて男が屈み、シエーナの額にキスをした。

シエーナがふわりと微笑み、柔らかな声を出す。水晶球は音声を伝えることはないが、ル＝ロイドは目を必死にすがめ、読唇術によって彼女の言葉を読もうとした。おそらくは愛しい夫に呼びかけた、その言葉を。

「お師匠様」

ル＝ロイドの体が震えた。

この瞬間、ただ一つの希望を、見つけた気がした。

未来を解き明かせた。これは間違いなく、二人にとって最善の未来だ。

かわいそうな二人の子ども達を、不幸の波が襲いくる厳しく冷たい大海原に、放り出さずに済むかもしれない。

興奮で上がった息を、なんとか整える。

ゆっくりと水晶球を下ろすと、暖炉の前で震える小さくて無力なシエーナに尋ねる。

「ドルー渓谷の魔術師に、何をお望みだい？」

シエーナは気づけば言っていた。

「お義母様《かあ》が、いなくなってしまえばいい！」

シエーナは言ってから、自分で驚いた。

自分の本当の望みは、これだったのかと。

ル゠ロイドは考えた。

シエーナの義母が伯爵に愛想を尽かし、近々出て行くことは、すでに決まった未来だった。水晶球はシエーナと義母がこれからも一つ屋根の下に暮らす未来を、一度も見せなかった。

でも、どうすればあの満ち足りた未来を、シエーナに、ジュードに、そしてまだ見ぬ……いや、おそらくル゠ロイドが生きている間にはきっとこの腕で抱きしめてやることはできない、可愛いひ孫の存在を現実にすることが、できる？

わずかな溜め息の間に、ル゠ロイドは意を決した。

シエーナとジュードが、必ずこの魔術館で出会うよう、仕向けるのだ。それも師匠と弟子として。

代償はシエーナの青春の輝きと栄光だ。それらを奪い、代わりに同じ時間だけ続く恐怖を与える。

けれど、その先に待つのは、あの暖炉前の風景だ。

人生に勝手に手を入れ、挙句に伯爵令嬢との結婚を遺言書で命じれば、ジュードに怒られるかもしれない。

シエーナにも恨まれるだろう。

だが、これが心から二人のためを思った行動であり、二人に見える唯一の幸せな道なのだと、どうか気づいてほしい。

ル＝ロイドは、二人に幸福な人生を歩んで欲しかった。自分が今、シエーナを騙《だま》すことで、二人が将来幸せになってくれるなら。

自分が今からシエーナに施すのは魔術ではなく、愛という魔法だと己に言い聞かせる。

ル＝ロイドはゆっくりと話した。

「そうさね。人は……本のページをえいっと破って捨ててしまうみたいには、消せないんだよ。もちろん、殺すこともね。――でも出て行くように、未来を変えることはできるよ」

「本当に？」

ル＝ロイドは頷《うなず》き、そして、契約を結ぶフリをした。

もう一度、幼いシエーナに水晶球をかざした時。

ル＝ロイドは密かに目を見開いた。

水晶球が眩《まば》ゆいばかりの五色に輝き、シエーナが全ての色を持つ希少な聖玉《せいぎょく》の持ち主であることを、示していた。

大きな力を身に秘めるがゆえに、自身の行く末の明暗も振れ幅が極端なのかもしれない。だからこそ、力を貸してやれば、乗り越えてくれるだろう。

五色の光が収束すると水晶球の中に見えたのは、ある雨の日に、ドルー渓谷の魔術館の扉を叩くシエーナの姿だった。こちらのシエーナは、やや冴《さ》えない……、いや率直に言って、地味でダサい女性に成長していた。

水晶球がキラリと輝き、すぐに別の映像に変わる。

ル＝ロイドは狂喜乱舞した。

水晶球は力強く、そして鮮やかに、ある映像を映したのだ。

王宮の王太后の部屋に飾ってある、ル＝ロイドと家族の肖像画の下で、精悍《せいかん》に成長したジュードとシエーナが抱き合う姿を。

ジュードがシエーナに顔を寄せ、何事か囁《ささや》いている。

ル＝ロイドは必死に彼の言葉を読む。

「もう二度と、私の求婚を断らせないぞ」

シエーナは綻ぶように微笑み、最早二人の瞳の中には互いの姿しか映っていない。

その先を水晶球は、もう映さなかった。

おそらく、ル＝ロイド自身も見ることはない未来だろう。

この先は、二人が歩んでいく未来だ。

けれどその先に幸多きことを、ル＝ロイドは確信していた。

～完～

あとがき

ちょっと間抜けなヒロインと自信たっぷりな公爵が、弟子と師匠になるお話をお届けしました。

個人的には彼女にハイスペ師匠が振り回される様子を描くのが楽しかったです。

小説を描く時は、お話の概要やハイライト場面がまず思い浮かぶことが多いのですが、本作は私の中では珍しく、冒頭シーンから出来上がったものになります。暗い渓谷《けいこく》と雨の組み合わせが、ちょっと不気味で好きだったりします。とはいえ最も描きたかった場面はもちろん、最後のル＝ロイドの回想です。読んでくださった方々にひと時わくわくするお時間をご提供できましたなら、本望です。

それではお世話になった方々に謝辞を。まずは編集担当様、校正原稿をすごい場所でいただけて思い出深い作品となりました。イラストを描いてくださったdeme《ディミ》様。メルヘンチックな世界観が優しく、拝見するたび温かな気持ちになります。そして何よりこうして本作を読んでくださった方々に、お礼申し上げます。ありがとうございます。

さて、本作はお陰様でコミカライズしていただき、パルシィ様にて配信が始まっております。そちらもご声援いただけますと幸いです。

それではまたどこかで皆様にお会いできることを願って。

岡達《おかだち》　英茉《えま》

Kラノベブックスf

地《じ》味《み》ダサ令嬢《れいじょう》が公《こう》爵《しゃく》様《さま》をフったのに、なぜか師《し》弟《てい》関《かん》係《けい》になりました。

～寵愛《ちょうあい》されても心《こころ》は変《か》わりません！～

岡《おか》達《だち》英《え》茉《ま》

2025年3月31日第1刷発行

発行者	安永尚人
発行所	株式会社 講談社 〒112-8001　東京都文京区音羽2-12-21
電　話	出版　(03)5395-3715 販売　(03)5395-3608 業務　(03)5395-3603
デザイン	ムシカゴグラフィクス
本文データ制作	講談社デジタル製作
印刷所	株式会社KPSプロダクツ
製本所	株式会社フォーネット社

KODANSHA

ISBN978-4-06-539257-7　N.D.C.913　307p　19cm
定価はカバーに表示してあります

ファンレター、
作品のご感想を
お待ちしています。

あて先
〒112-8001　東京都文京区音羽2-12-21
(株) 講談社　ライトノベル出版部 気付
「岡達英茉先生」係
「deme先生」係